中公文庫

姫路・新神戸 愛と野望の殺人

西村京太郎

中央公論新社

目次

姫路・新神戸　愛と野望の殺人

第一章　時刻表を使った浮気

1

若い頃は、夫の尾西洋次《おにしようじ》のほうが、才能に恵まれているといわれていた。

事実、彼が三十二、三歳の頃には、日本のミスター・ディオールといわれたこともあったし、その頃、尾西のデザインしたドレスが、パリコレに出品されるという話も、持ち上がっていたのである。

ところが、その後、尾西の名前は、日本のファッションデザインの世界からは消えていき、その代わり、妻の香里《かおり》の名前の方が有名になっていった。

尾西は、もちろん面白くない。妻の香里のほうがデザイナーとしての才能があって、それで売れたとは思っていなかったからだ。デザイナーとしての才能というよりも、香里の愛想のよさや、日本のファッションデザイン界の大物に取り入るうまさなどが、その成功の秘訣《ひけつ》だと、尾西は思っていた。

たしかに、妻の香里の世渡りのうまさは、抜群だった。

尾西のように、パリコレで有名になるというような高望みはせず、中年の女性、それも、資産家の奥さん連中をターゲットにして、デザインしていったところが、香里の成功の大きな秘訣だったことは、間違いないだろう。

中年女性向けの、香里のちょっと可愛《かわい》らしいデザインの服は、尾西もあきれるほど売れに売れて、今や、会社をつくり、東京の銀座と、大阪、そして、神戸の三カ所に、直営店を持つまでになっている。

ファッションデザインの世界で成功することのできなかった尾西自身は、その後どうなったのかといえば、成功した香里の会社の社長になったのである。香里は、店とは別に尾西デザインという会社を作り、尾西に社長になってくれないかと頼んだのだ。もちろん、ただの名前だけの社長である。

尾西は、最初、屈辱を感じた。しかし、名前だけの社長は、思っていたより気楽だった。そして、何もすることのなくなった尾西は、作家を目指すことにした。仕事らしい仕事もせずに、ずっと家にいるのだから、いわば、中年の引きこもりである。

五十歳を前にして、小さなミステリーの文学賞を受賞した。やっと、新人の作家になったのである。

あまり外に出ず、机に向かって仕事をする、作家になるとますます、妻の香里の派手な世界から、自分が遠ざかっていくような感じがしたが、尾西にとって、それはそれで快感だった。

文学賞を受賞したことで、少しばかり自分に自信を持ち始めた尾西は、やがて、妻の香里には内緒で、浮気を始めた。

2

日本のファッションデザインの世界で、一応の成功を収めた香里は、いつもは、自分が経営する銀座の店にいるのだが、毎週月曜日になると、大阪と神戸の店に出向き、それぞれの店長から報告を受けて、次の仕事の指示を与えることにしている。

そのために利用する列車は、東京十三時三十分発の、「のぞみ39号」である。尾西はいつも、香里を東京駅の16番線ホームまで送っていく。

尾西は、ミステリーの文学賞を受賞して、作家になったといっても、受賞第一作も、まだ刊行していないし、筆一本で暮らせるほどの収入はなかった。

いや、貧乏であっても、何とか我慢をすればいい。だが、現在、香里の収入で、東京の六本木の豪華なマンションに住み、毎日のように、高価なワインやブランデーを飲む生活を送っている尾西には、我慢をすることなど、到底できなかった。

したがって、今は、香里と別れる気は、全くなかった。だから、月曜日になると、東京駅まで、甲斐甲斐《かいがい》しく妻の香里を送っていくのである。

しかし、どうやら最近、香里が、尾西の女性関係を疑っているような、気がしていた。

現在、尾西は、妻の目を盗んで、ファッションモデルの新井江美《あらいえみ》という女性と付き合っているのだが、香里の疑いは、まだ確信には至っていないらしい。

四月五日の月曜日。今日も尾西は、東京駅の16番線ホームへ、大阪、神戸に行く妻の香里を送っていった。

香里は、いつも、「のぞみ39号」の9号車のグリーン車に乗り込む。

発車間際《まぎわ》になると、香里は、尾西に向かって、同じセリフを口にする。

「私が、関西に行っていても、絶対に浮気はダメよ」

「バカなことをいいなさんな。私も、もう五十だよ。いまさら別の女と付き合うほどの、元気はないさ。君を見送ってから、すぐ家に帰って、依頼されている受賞第一作を書くんだ。だいぶ、遅れているからね。若い女と遊んでいるヒマなんてないよ」

尾西も、同じような言葉を口にする。

十三時三十分、香里を乗せた「のぞみ39号」が、16番線ホームを離れていく。

その列車が視界から消え去ると、尾西は、タクシー乗り場に向かって走る。電車の方が早いのだが、知人に会う可能性があるので、わざわざ、タクシーを使うのだ。毎週月曜日、関西に行ってしまう香里の隙《すき》を狙《ねら》って、浮気を楽しむ。最初は、怖々やっていたのだが、今は、妻の目を盗むことにスリルを覚えていた。

香里は、何か緊急で連絡したいことがあると困るから、携帯を持ってくれと、しつこく迫っていたが、尾西は、それをずっと、断り続けていた。

「携帯の、あの着信音が鳴ったりすると、原稿を書くのに邪魔だから、絶対に持たない」

と、いって、忌《い》み嫌うように、頑《かたく》なに拒否し続けてきたのである。だから、香里の携帯の番号も、尾西はあえて聞かなかった。

携帯を持たされたら、年がら年中、妻の香里に、行動を監視されてしまう。尾西にとって、それだけは、絶対にご免だった。

それに、毎週月曜日の浮気は、携帯を持っていては、絶対に、うまく行かなかったからである。

香里の乗った「のぞみ39号」の時刻表は、次の通りである。尾西は、それを暗記していた。

十三時三十分　東京発
十三時三十七分　品川発
十三時四十九分　新横浜発
十五時十三分　名古屋着
十五時十五分　名古屋発
十五時五十一分　京都着
十五時五十二分　京都発
十六時〇六分　新大阪着

香里は、わざわざ席を立って、デッキに行かなくてはならないので、列車内から携帯をかけることが、あまり好きではないと、言っている。だから、よほどのことがない限り、この「のぞみ39号」の車内から、携帯をかけることは考えにくいし、事実、新大阪で降りるまで、電話がかかってきたことは、一度もない。

その間、香里は、新着のパリコレの写真集を見たり、日本の中年女性のための、新しいデザインを考えたりしているらしい。つまり、「のぞみ39号」が新大阪駅に到着する十六時〇六分まで、尾西は、香里から、全く自由になっているというわけである。正確に測ると、その間、二時間三十六分、この時間は、全く自由に使える時間なのである。

尾西は、携帯電話を持っていないから、香里が電話をしてくるのは、六本木の自宅マンションの電話である。つまり、十六時〇六分までに、尾西が自宅マンションに帰っていれば、この浮気は、絶対にバレないはずだった。

今まで、毎週月曜日になると、尾西は、この奇妙なスリルを味わってきた。

これも、いつものことなのだが、十六時〇六分に新大阪に着いても、香里は列車を降りた時点で、電話をかけてくることは少ない。たいていは、新大阪から、タクシーで大阪の店に行き、そこから電話をしてきて、

「今、大阪に着いたわ」

と、いきなり、いう。

「そうか、それを、聞いて安心したよ」

「今、何をしているの？」

「もちろん、原稿を書いているよ」

「受賞第一作、うまく、書けそう？」

「ああ、今のところは、うまく行っている。これなら、いい作品に、なりそうだ」

そんな会話があり、その後、香里は神戸の店に行き、そこからまた、電話をしてくる。そして、その日のうちに、最終の「のぞみ」で、東京に帰ってくるのである。

3

尾西は、いつものように、人目を忍んで、タクシーで四谷に向かった。四谷のマンションに、新井江美がいるからである。

新井江美、二十八歳。尾西より、二回り近くも若い、少しばかり、香里とは違った性格の女である。

先週会った時、新井江美が、エルメスの腕時計が欲しい、といったので、尾西は、丸の内にあるエルメスのショップで、腕時計を買っておいて、持っていった。

尾西は、ベッドで、若い江美の体を引き寄せると、まず、枕元《まくらもと》の目覚まし時計を十五時にセットした。

十五時にベッドから抜け出し、身支度をして、部屋を出れば、十六時〇六分までに、六本木の自宅マンションに帰れるのである。

いつも、江美は、それを見て、笑う。

「そんなに奥さんが怖いの？」

江美が、そういいながら、尾西の頰を突っつく。

「ああ、怖いね。この世の中で、いちばん怖い。今、浮気がバレて、離婚しなくちゃいけないようなことになったら、たぶん、一銭の金も貰《もら》えなくなるだろう。そうなったら、僕はただの、売れない作家だよ。君にだって、苦労をかけてしまう」

「ふーん」

と、江美が、鼻を鳴らした。

「奥さんは、今、いつものように、新幹線の中にいるの？」

「ああ、そうだ。『のぞみ』に乗っている」

「週刊誌で読んだんだけど、奥さんって、今、三十九歳なんですってね？」

「そういうことにしているが、本当は四十三歳だ」

と、尾西が、いった。

前に一度、週刊誌の記者から、インタビューを受けた時、香里は、その記者に、

「毎週月曜日に『のぞみ39号』で大阪と神戸のお店に行っていらっしゃるそうですけど、なぜ、決まって『のぞみ39号』に乗られるんですか？」

と、聞かれたことがある。

その時、香里は、笑って、

「それは、私が今三十九歳だから」

と、いったが、これはウソである。去年の十月、香里は、四十三歳の誕生日を迎えている。

もちろん、四十三歳といっても、尾西よりは七歳も若い。年齢のことを考えれば、尾西よりも先に、香里が死ぬということは、まず考えられない。

だから、今、香里とはケンカをしたくない。浮気がバレて離婚ということにでもなれば、香里のことだから、おそらく一銭の金も渡さずに、尾西を叩《たた》き出すだろう。

そうなれば、尾西は、みじめな貧乏生活を送らなければならなくなる。

もし、香里と別れるのならば、財産の半分を貰って、その後の人生を、優雅に過ごしたいのだ。

「私たちのこと、奥さんには、バレていないの？」

江美が、きく。

「家内が、私の浮気を疑っていることは間違いないんだ。だが、その相手が君だということは、知らないだろうし、こうして時刻表を片手に、私が浮気のスリルを味わっているとは、夢にも、思っていないだろう」

と、いって、尾西が笑った時、目覚まし時計が鳴った。このあとは分きざみ、時間との競争になる。

尾西は、急いでシャワーを浴び、背広に着替えて、江美にキスをしてから、マンションの非常口から外に出た。

タクシーを拾って、六本木のマンションの名前を告げる。月曜日の午後だから、東京の道路も、それほど混んではいない。

香里の乗る「のぞみ39号」は、十六時〇六分に、新大阪に着く。ここ一年、一分と違ったことはない。その正確さのおかげで、尾西のスリルのある浮気が成立しているのである。

それでも、尾西は時々、腕時計に目をやった。スリル満点の浮気なのだが、もし、失敗すれば、香里が怒り、離婚ということになってしまうかもしれない。それはどうしても避けなくてはならないことだった。

六本木のマンションに着くと、鍵《かぎ》を取り出し、オートロックのドアを開けると、エレベーターを使って、十五階の部屋まで行く。

腕時計に目をやる。十六時ジャスト。

「セーフ」

と、尾西は、自分にそういった。

ドアを開けて、部屋に入る。

部屋には、通話用の電話とファックス用の電話の二つが置かれている。

十六時〇四分、尾西は深呼吸を一つして、安楽椅子《いす》に、腰を下ろした。あと二分で、妻の香里が乗った「のぞみ39号」が、新大阪駅に着く。

香里が、ホームから電話をしてくるかもしれないし、大阪の店に着いてからかもしれない。

そのどちらであっても、大丈夫だった。スリル満点ではあったが、間に合ったのだ。

アリバイ成立である。

十六時〇六分、「のぞみ39号」は、新大阪に着いた。ドアが開き、香里がホームにおりているはずだ。だが、電話はかかってこなかった。

どうやら、香里はタクシーを拾い、大阪の店に着いてから、電話をしてくるつもりらしい。

その大阪の店に、尾西も行ったことがあるが、新大阪駅からタクシーを拾うと、十五、六分ほどの距離にあった。だから、十六時二十分から十六時三十分にかけて、香里は、電話をしてくるはずだった。

「今、大阪の店に着いたわ」

おそらく、香里は、いつもの調子で、そういうだろう。

それに対して、尾西は、

「よかった。何もなくて」

と、いったり、

「東京駅から帰ってきてから、五枚だけ原稿が書けたよ」

と、もっともらしく答えるか、そのどちらであっても、おそらく、香里は、それで安心するだろう。

十六時二十分を過ぎたが、香里から、電話がかかってこない。

十六時三十分になっても、目の前の電話は、鳴らなかった。

それでも、尾西は、

「何かあったのではないか？」

と、心配するよりも、

「こんなことなら、もう少し、四谷で江美とゆっくりしてくるんだったな」

という腹立たしさが、先に立った。

それだけ、妻の香里との仲が、冷たくなっていたということかもしれない。

十七時になっても、依然として、香里からの電話はかかってこなかった。

さすがにこの時間になると、尾西も心配になってきたが、香里の携帯の番号は知らないので、大阪の店に、直接、電話をしてみることにした。

大阪の店の店長、菊地清美《きくちきよみ》に、

「東京の尾西だ。ウチのカミさんが、もうそちらに、着いていると思うんだけど、いるかな?」

と、きいてみた。

「今日は、月曜日なので、お待ちしているんですけど、まだお見えになっていないんですよ」

菊地清美が、いう。

「本当に、まだ着いていないのかい?」

「ええ、いつも、午後四時半頃には、こちらにお着きになるので、お待ちしていたんですけど。本当に、まだ、こちらにはお見えになっておりません」

「今日、そちらに行くという連絡は、入っていたんだろう?」

「いえ、電話はありませんでしたが、いつものことなので」

「おくれるという電話もなし?」

「はい。ありません」

大阪には寄らず、直接神戸の店に向かったかもしれないと考えた尾西は、今度は、神戸の店に電話をしてみた。

こちらの店長は、渡部真理絵《わたべまりえ》といい、大阪の店の店長と同じように、四十代後半の女性である。香里は、自分よりも若い店長は、絶対に使わないのだ。

「ウチのカミさんだけど、もう着いた？」

と、尾西が、きいた。

「今日は、月曜日なので、さっきからお待ちしているんですけど、まだ、お見えになっていません」

と、渡部真理絵も、いう。

時間から見て、大阪の店に寄ってから神戸の店に向かったとしても、すでに、着いていなければならない時間である。何しろ、香里はいつも、無理をしてでも、その日のうちに東京に帰ってこようとするからである。

「到着が遅くなるとか、今日は、行けなくなったとか、そういう連絡はなかった？」

「ずっとお待ちしているんですけど、今のところ、何の連絡もございません。何かあったんでしょうか？」

逆に、真理絵が、きいた。

「いや、何もない。そちらに着いたら、僕が、心配しているからといって、電話を寄越すように、伝えてください」

そういって、尾西は、電話を切った。

4

また、尾西は、心配になってきた。

といっても、それは、妻、香里の身に何かあったのではないかという、そういう心配では、なかった。

今日は、いつも通りの月曜日で、東京駅の16番線ホームまで、「のぞみ39号」に乗る香里を送っていった。

しかし、香里は、本当は大阪へ行かなかったのではないか？

最近、香里は、尾西の浮気を疑っていたから、ひょっとすると、いつものように、大阪に行ったと見せかけて、次の品川駅で降りて、すぐに、東京に引き返したのではないのか。

そんな不安が、突然、尾西を襲ったのである。

香里というのは、そのくらいのことは、平気でしかねない女だった。尾西のことを疑って、品川で降りて、すぐに六本木のマンションに戻ってきたとすれば、尾西の浮気は、すでに、バレてしまっていることになる。

なぜなら、尾西は、東京駅で見送った時に、これからすぐ六本木のマンションに帰って、受賞第一作の原稿を書くと、いかにももっともらしいことをいっていたからである。

香里には、優秀な弁護士がついている。もちろん、その弁護士は、別に離婚のためにいるのではない。すでにファッションデザインの世界で成功し、会社を経営している香里は、その事業のために弁護士を頼んでいるのである。

（香里のヤツ、俺の浮気の証拠をつかんで、今頃、弁護士と相談してるんじゃないのか？）

と、尾西は、思った。

尾西の知らないところで、さっさと、離婚の手続きを取るぐらいのことはしかねない、香里は、そんな女だった。

しかし、いつまで経《た》っても、電話は鳴らないし、香里が帰ってくる気配もない。

尾西は、落ち着きを失ってしまった。

（これは、いよいよ浮気がバレて、香里が離婚の手続きについて、弁護士と打ち合わせているにちがいない）

と、思った。ほかには、考えようがなかったからである。

そうなると、尾西は無一文で追い出されてしまう。

妻の香里には、優秀な弁護士がついているが、尾西には、弁護士の知り合いが、一人もいない。その上、浮気がバレての離婚ということになれば、裁判でも、勝ち目はない。完全に負けてしまうだろう。

香里は性格のきつい女だから、離婚になっても、財産の分与が受けられるとは、到底思えない。

おまけに、今の夫婦の間の財産は、妻の香里が稼いだもので、尾西が、助力したとは、誰も考えてくれないだろう。

（俺は香里から罵倒《ばとう》されて、無一文で放り出されるのか？）

現在、尾西の銀行口座には、ミステリーの文学賞の賞金百万円のうち、六十万円ほど残っている。財産といえば、それだけである。

この後、出版社から、原稿の依頼が来るかどうかは、尾西自身にも分からない。とりあえず、受賞第一作は書かせてもらえるが、それ以降の保証は、全くないのである。

そうなったら、浮気相手の若い新井江美にとって、五十歳の尾西洋次などは、全く魅力のない存在になってしまうだろう。

不安が、少しずつ高まり、広がっていく。それを消そうとして、尾西は、冷蔵庫から缶ビールを取り出すと、それを飲み始めた。

三本目の缶ビールを開けた時、突然、電話が鳴った。

「どうしたんだ？　心配したぞ」

と、芝居じみていってから、相手の反応を待ったが、それが全くないのに気づいて、

（間違い電話か？）

と、尾西が、思った時、

「尾西洋次さんですね？」

と、男の声が、いった。

「はい、そうです」

「尾西香里さん、ご存じですよね？」

「ええ、尾西香里は家内ですが、そちらは？」

と、尾西が、きき返した。

「神戸警察署ですが」

「神戸警察署？」

「そうです。実は、誠に申し上げにくいのですが」

と、相手がいうのを遮って、尾西は、

「家内に、何かあったんですか？」

「実は、奥さんが、新幹線の中で亡《な》くなられました。『こだま』が新神戸に着く直前です。『こだま』の車内で、奥さんは何者かに刺殺されました。なるべく早く、こちらに来ていただき、被害者が、本当にあなたの奥さんかどうかを確認していただきたいのですが」

と、相手が、いった。

電話を切った途端、尾西は、全身から力が抜けていくのを感じた。

5

時刻表で調べると、すでに、新神戸まで行く最終の「のぞみ127号」は間に合わない。あとは、全《すべ》て新大阪行である。

そこで、二十一時二十分、東京発、新大阪行、最終の「のぞみ269号」に乗ることにして、自宅マンションを出た。

新大阪着は、二十三時四十五分。そこから、タクシーで、神戸警察署へ行くことにした。

東京から新大阪までの二時間半、尾西は、座席に体を沈めて、考え込んでいた。

いったい、何があったのか、全く見当がつかない。分かっているのは、妻の香里が、新幹線の中で、死んだ、ということだけだ。いや、警察は、殺された、といっていた。そのことさえ、彼自身は確認していない。

新大阪で降り、タクシーで、神戸警察署に向かう。そこで、尾西を待っていたのは、松木《まつき》という警部だった。すでに午前零時を過ぎている。

松木は、すぐ尾西を、遺体が安置されている病院まで、パトカーで案内した。その病院の霊安室で、尾西は、息をしなくなった妻の香里と対面することになった。

尾西は、妻の身元確認をした後、神戸警察署に設置された捜査本部に行き、松木警部から、詳しい話を聞くことになった。

まず、尾西のほうから、昨日のことを詳しく話した。もちろん、浮気のことは除いて、である。

「いつも家内は、毎週月曜日に大阪と神戸にある店を回って歩き、その日のうちに東京に帰ってくることにしていたのです。それで、昨日の四月五日も、私は、東京駅の16番線ホームで、『のぞみ39号』に乗った家内を見送りました。私は、そのまま、まっすぐ六本木の自宅マンションに、帰ったのです。いつも家内は、新大阪に着くと、駅からか、あるいは、大阪市内にある店に着いてから、私に電話をかけてきます。今、大阪に着いたという報告です。ところが、昨日はいつまで経っても電話がなかったので、心配していたのです。そうしたら、突然、こちらから電話をいただいて、ビックリしてしまったというわけです」

その後、松木警部が、説明した。

「昨日の『こだま757号』、これは新大阪から博多まで行く新幹線ですが、列車が新神戸に着く直前、車掌が、あなたの奥さんの様子がおかしいことに気づき、殺されているのを発見したのです。そこで、遺体を新神戸の駅で降ろし、われわれが、捜査を開始することになりました」

「こだま757号」の6号車指定席、その真ん中あたり、8Aの席で、妻の香里が胸を刺されて、死んでいたというのである。

「奥さんのジャケットのポケットに入っていた運転免許証から、東京・六本木の住所が分かり、それで電話をしました」

と、松木が、いった。

「ハンドバッグは、持っていなかったのですか？　大阪と神戸に行く時には、いつもシャネルの白いハンドバッグを持っていくのですが」

「昨日も持って行ったんですか？」

「ええ」

「でも、奥さんの座席の周辺には、そういうハンドバッグは、見当たりませんでしたね」

「容疑者は、浮かんでいるんですか？」

と、尾西が、きいた。

「いや、容疑者は、全く浮かんでいません。何しろ、事件が起きてから、まだ時間が経っていませんからね。それに、奥さんは、この神戸の人間ではなくて、東京の方ですから、まず、ご主人のあなたから、被害者である奥さんのことを、いろいろとお聞きしなければなりません」

6

若い女性刑事が、コーヒーと水を出してくれた。ノドが渇いていたので、尾西は、コーヒーよりも水のほうを先に飲んだ。

松木がいった。

「亡くなった奥さんは、ファッションデザイナーをしていらっしゃったんですね？」

「ええ、そうです。その分野では、かなりの成功を収めていました。東京の銀座、それから、大阪と神戸に店を持って、経営もうまくいっていました」

「ところで、ご主人のあなたは、何を、やっておられるのですか？」

「家内は店とは別の会社を作って、私を社長にしてくれようとしたのですが、私は、その柄ではないので断りました」

尾西はちょっと嘘《うそ》をついた。

「では、今、何をなさっていらっしゃるんですか？」

「小説を書いています。小さなミステリーの文学賞をとったばかりの、新人の作家ですよ」

と、尾西が、いった。

「それで、奥さんは、毎週月曜日には、新幹線に乗って、大阪と神戸の二つの店を見て回っていると、さっきおっしゃっていましたが、これは、いつからやっていらっしゃるのですか？」

「もう、始めて一年半になります。たしか、最初は、一年前の十月頃だったと思います」

「それで、昨日は、どうしたのですか？　奥さんは、大阪と神戸の店には、行ったのでしょうか？」

「いつまで経っても、大阪に着いたという家内からの連絡がないので、私のほうから、大阪と神戸の店に電話をしてみました。でも、どちらの店の店長にも、まだ来ていないと、そういわれました」

「そのことを、もう一度、確認しておきましょう」

尾西が二つの店の電話番号を教えると、松木は、すぐ電話をかけた。深夜だったが、心配していたのか、どちらの店も、まだ誰かが残っていたようだった。

「どちらの店にも、昨日から、あなたの奥さんは来ていないそうです」

確認した松木は、そういった。

「家内は、新神戸に着く寸前の『こだま』の中で殺されていたそうですが、切符は、どの切符を持っていたんですか？」

「新大阪から、新神戸までの切符です。『こだま757号』の指定席、6号車の8番のA席です」

「『こだま』に乗っていたのは、間違いないんですか？」

「ええ、新大阪十六時三十八分発の『こだま757号』で、間違いありません」

「しかし、家内は、昨日、東京十三時三十分発の『のぞみ39号』に乗ったんです。なぜ、大阪の店には行かず、新大阪で『こだま』に乗り換えたのでしょうか？」

「それは、私にもわかりません。最後に持っていた切符は、間違いなく、新大阪から新神戸までの切符なんです。その間、一駅ですから、『ひかり』に乗ろうが、『こだま』に乗ろうが、あるいは『のぞみ』に乗ろうが、ほとんど時間は変わりません。一緒ですよ。それで、たまたま『こだま』に乗ったのではありませんか？」

と、松木がいった。

「しかし」

と、尾西が、いった。

「しかし、何ですか？」

「家内は、自尊心の強い女ですから、たとえ新大阪と新神戸の短い区間でも、グリーン車のない『こだま』に乗らずに、格上の『のぞみ』のグリーン車に乗ったのではないかと、思うんですが」

「しかし、間違いなく、あなたの奥さんは『のぞみ』ではなく、『こだま757号』の車内で、殺されていたんですよ。持っていた指定券も、その『こだま』のものでした」

と、松木は、少し怒ったような口調でいったが、すぐ声をやわらげて、

「こちらですこし調べたところ、先ほどおっしゃったように、奥さんがやっておられた大阪と神戸の店は、かなり繁盛《はんじょう》していたようですね」

「そうですよ。私がいうのも、何ですが、家内には、デザインの才能のほかに、商才もありましたから」

「私には、ファッションデザインの世界というのは、よく、分からないのですが、成功するのは、大変なんでしょう？」

「ええ、相当難しいですよ」

「そうすると、成功した奥さんは、同業者から羨《うらや》ましがられていた。もっといえば、妬《ねた》まれていた。そういうことは、ありませんでしたか？」

と、松木が、きく。

「たしかに、そういうことも、あるかもしれません。でも、だからといって、家内が殺されるとは、考えにくいのですが」

「奥さんに、脅迫状が送られてきたり、無言電話がかかってきたりとか、そういうことはありませんでしたか？」

改まった口調で、松木がきいた。

「私は、今も申し上げたように、デビューしたばかりの新人の作家で、それに、社長になるのを断ってしまったので、家内の仕事については、ほとんど、何も知らないんですよ。ですから、そういう手紙が来たり、無言電話がかかってきたりしたかどうかは、わかりません。もしかすると、そういうことが、あったかもしれませんが、その件については、東京、大阪、神戸の店の、それぞれの店長に聞いてくだされば、詳しく分かると思います」

「そうですね。後で聞いてみましょう。それから、ちょっとプライベートなことをお聞きしますが、結婚なさったのは、いつ頃ですか？」

と、松木が聞いた。

「今から十六年前です」

「お子さんは？」

「子供は、おりません」

「これはちょっとお聞きしにくいのですが、奥さんとは、うまく行っていましたか？」

「ええ、もちろん、うまく行っていました。子供がいないこともあって、仲はよかったですよ。家内が、毎週月曜日に関西に行く時は、私が必ず、東京駅まで送りに行っていたぐらいですから」

「なるほど。もう一つ、お聞きしにくいことをお聞きしますが、奥さんに、あなた以外の男性は、いませんでしたか？」

松木が、聞く。

「いなかったと思いますが、これも、本当のところは、私には分かりません」

尾西は、わざと曖昧《あいまい》な口調でいった。

尾西は、心配だった。警察がちょっと調べれば、新井江美の存在など、どうしたって分かってしまうだろう。

となれば、それまで黙っていたほうがいいのか？　それとも、今、自分から正直に、いってしまったほうがいいのか？

尾西には、その判断が、どうにもつかなかった。

「それからもう一つ、これも捜査に必要なことですので、お聞きします。お気を悪くなさらないでいただきたいのですが、犯行時間に、あなたは、どこで、いったい何をしていらっしゃったのか、それを確認させていただきたいのです。奥さんは、新大阪十六時三十八分発の『こだま757号』の中で、殺されていました。殺された時間は、新大阪と新神戸の間ですから、十六時三十八分から十六時五十三分の間です。その十五分の間、あなたが、どこで、何をしていらっしゃったのか、それを教えていただきたいのですが」

「東京駅に家内を送った後、すぐに、六本木の自宅マンションに帰って、原稿を書いていましたよ。ミステリーの文学賞を受賞した後、出版社から受賞第一作を依頼されていて、それで、原稿を書いていたのです。書きながら、大阪に着いた家内からかかってくるはずの電話を、じっと、待っていたのです」

尾西が、いうと、

「なるほど、ずっとご自宅にいらっしゃったんですね。わかりました」

松木が、急に穏やかな顔になって、尾西にいった。

7

「電話をお借りできませんか？」

と、尾西がいった。

「携帯電話は、お持ちになっていないのですか？」

「ええ、どうもあれは苦手なもので。ですから、持っていないのです」

「それなら、廊下に公衆電話がありますから、それを使ってください」

尾西は廊下に出ると、そこにあった公衆電話を使って、東京の新井江美に電話をかけてみた。

新井江美とは、四谷のマンションで一時間ほどのスリルを楽しんだのだが、それを、警察署で話すわけにはいかない。

電話は鳴っている。

しかし、こんな深夜なのに、なぜか、新井江美が電話に出る気配はない。何度電話しても、同じだった。

尾西は、次第に不安になってきた。新井江美とは、江美がバイトをしていた六本木のクラブで知り合った。その新井江美に、尾西は、マンションの賃貸料のほかに、一カ月、三十万円の金を渡している。尾西としては、生活費として十分だと思っていたが、派手な生活を送る新井江美にとっては、三十万円では不満だったのかもしれない。本業のモデルの仕事もさして入っていないらしいので、尾西には黙って、何か金になる仕事でもしていたのかもしれない。

新井江美に連絡が取れずに、不安が大きくなっていくのを感じる。部屋に戻ると、尾西は、松木に向かって、

「東京に帰って、家内の葬儀を、したいのですが、遺体は、いつ引き取ることができますか？」

「司法解剖がすめば、お引き取りいただいても、構いませんよ」

と、松木が、いった。

「それでは、解剖がすみ次第、遺体を引き取って、東京に戻ることにします」

尾西が、いった。

尾西は、その夜は、神戸のホテルに泊まり、解剖の終了を待って、遺体を霊柩車《れいきゅうしゃ》で東京まで運ぶことにした。

8

事件から一日置いた四月七日の午後、青山の葬儀所で身内だけで葬儀を行った。喪主は、もちろん、尾西である。

葬儀が済むと、尾西は、自宅マンションの電話から、何回か新井江美に電話を入れてみた。

新井江美と連絡が取れたら、取りあえず、話しておきたいことが、二つあった。

一つは、今回の事件で、ヘタをすると尾西自身が疑われてしまう。だから、新井江美には、二人の関係は黙っているようにと、そういっておきたかった。

もう一つは、妻が死んだ今、これから先のことを、二人で相談して決めたいということだった。

しかし、何回電話をかけても、新井江美は、電話に出なかった。

携帯電話にもかけてみた。しかし、こちらも一向に出る気配がない。

（まずいな）

と、尾西は、思った。

事件のことは、昨日の新聞で報じられた。テレビのニュースにも、取り上げられている。妻の香里は、ファッションデザインの世界では成功者だったから、新聞もテレビも、かなり大きな扱いだった。

当然のことながら、新井江美は、それらの記事やニュース番組を見たに違いない。

問題は、このことを知って、彼女が何を考えたかということである。

正直にいって、尾西は、二年近く付き合っていながら、新井江美という女性が、よく分かっていないのである。若さが魅力だし、美人でもあったから、小遣いをやって付き合っていたのだが、本当はどんな性格なのか、よく分かっていない。

（新井江美は、今度の事件のことを、いったい、どう考えているのだろうか？）

と、尾西は、考えてみた。

子供がない尾西は、妻、香里の遺産を相続すれば、かなりの資産家となる。

（もし、新井江美が、金持ちになった自分を脅迫しようとしたら、どうなるのか？）

尾西は、そんなことも考えてしまった。

今回のような事件が起きると、新井江美の証言如何《いかん》で、尾西は窮地に立たされてしまう。

それぐらいのことは、新井江美にも分かっているだろう。

つまり、尾西を脅迫する材料は、十分にあるということである。

9

葬儀の翌日、尾西は、四谷にある新井江美のマンションに行ってみた。合鍵を持っているので、七階建てのマンションの五〇五号室のドアを開けて、中に入ってみた。

マンションの部屋は2DKである。

近くに駐車場も借りていて、そこには、尾西が買ってやった、トヨタのハイブリッドカーが置いてある。

その車は、駐車場に置かれたままになっていたから、新井江美は少なくとも、車に乗って、どこかに出かけたのではないようだ。

部屋の中は、冷え冷えとしていた。たぶん、ここ数日、新井江美は、この部屋に帰ってきていないのだ。

尾西が新井江美に買ってやった、バッグや靴やドレスなどはそのままになっていて、空き巣が入った形跡はない。

新井江美の四谷のマンションから、尾西が六本木の自宅マンションに戻ると、郵便受けに、一通の手紙が入っていた。どこにでも売っている、白い、ありふれた封筒だが、消印はなかったから、手紙の主は、わざわざここまで来て、郵便受けに投函《とうかん》していったのだろう。

宛《あ》て名は、尾西洋次様となっている。差出人の名前はない。

中に入っていた便箋《びんせん》を取り出す。そこには、たった一行だけ、こう書いてあった。

「一千万円を用意しておけ」

それだけである。

尾西は部屋に入り、ソファに腰を下ろすと、たった一行しか書かれていない文字を睨《にら》みつけた。

「一千万円を用意しておけ」

明らかに、パソコンで打たれた文字である。封筒の表にあった宛て名も、おそらく、同じくパソコンで打ったものだろう。

普通なら、こんな脅迫状が届けば、すぐ警察に届けるところである。しかし、

(警察に届けるのは、絶対にまずいな)

と、尾西は思った。

自分は、殺された香里の夫だった男である。そして今、香里が死んで、高額の遺産が、尾西のものになった。

つまり、ファッションデザイナーとして成功した妻を、殺す動機があったことになる。金目当ての犯行とも取れるし、若い女を四谷のマンションに囲って浮気をしていたため、妻が邪魔になり、そのために十六年間も連れ添った妻を殺した、という動機だって考えられる。

しかも、その問題の若い女とは、現在、連絡がとれないのである。自分が疑われる条件は、あまりにも揃《そろ》いすぎている。

（こんな時に、この脅迫状を持っていったら、警察がどう勘ぐるか、分かったもんじゃないぞ）

と、尾西は思った。

自分も、殺された妻と同じように誰かに狙《ねら》われていると、警察に思わせる芝居ではないか？　そんなふうに疑われる可能性だってある。

新井江美は、パソコンができる。四谷のマンションには、尾西が買ってやったパソコンも置いてあった。そのパソコンを使って、新井江美が、尾西を強請《ゆす》っているのかもしれない。

その時、突然、部屋の電話が鳴った。

尾西は、思わず身体《からだ》を、硬直させた。この手紙を書いた犯人からの、脅迫電話だろうか？　それとも、行方が分からない、新井江美からの電話だろうか？

二呼吸ほど、間を置いてから、尾西は、受話器を取った。

「尾西ですが」

と、いうと、聞き覚えのある声で、

「松木です」

「ああ、神戸警察署の。何か分かったんですか？」

「今、東京に来ています。警視庁にいて、東京での捜査を、お願いしているのですが、できれば、尾西さんに、お会いしたいのです」

と、相手が、いった。

「私は、妻の葬儀が終わったので、いつでも時間がありますが」

「それでは、警視庁近くの日比谷公園の中にレストランがあります。どうですか、そこで一時間後に、お会いできますか？」

「分かりました」

と、尾西は、いって、電話を切った。

その時に、この奇妙な脅迫状を、見せようか？　それとも、黙って一千万円を用意しておいたほうがいいのか？　尾西には、まだどちらとも、判断がついていなかった。

尾西は、約束した日比谷公園の中のレストランに、少し早めに着いた。
五、六分後に、神戸警察署の松木警部がやって来た。
コーヒーを頼んでから、松木は尾西の手元をのぞき込んで、

「何をやっていらっしゃったんですか？」

と、きいた。

それは、さっきまで、尾西が手帳を広げて、そこに数字を書き込んでいたからだった。

「私は、時刻表に興味があるんですよ」

「なるほど。それで？」

「いつも、小さな時刻表を持ち歩いています。それで、新幹線の新大阪と新神戸の間の時刻を調べてみたのです」

と、尾西が、いった。

「奥さんが、その区間で、殺されていたからですね？」

「ええ。新大阪から新神戸まで、新幹線上の距離は三十六・九キロです。その間を『こだま』『ひかり』『のぞみ』の三本の列車が走っています。普通に考えれば、たった一駅ですから『こだま』だろうが、『ひかり』だろうが、『のぞみ』だろうが、かかる時間は同じじゃないかと、そう思っていたんですが、違いましたね。例えば、下りの新大阪から新神戸までを時刻表で調べてみると、『こだま』は十四分か十五分、『ひかり』は十三分か十四分、そして、いちばん速い『のぞみ』は、ほとんどが十三分で、この区間を走っています」

「そのことが、何か事件に関係があるんでしょうか？」

松木が、興味を持った顔でいった。

「この間、警部さんに、話したでしょう？　殺された家内には自尊心の強いところがあって、たとえ一区間でも『こだま』よりは『ひかり』を、『ひかり』よりは『のぞみ』を選んで乗るんですよ。まして、『こだま』には、グリーン車がありません。それなのに、どうして、殺された時には、『こだま』に乗っていたのか？　それが、納得できなくて、いろいろと考えていたのです」

と、尾西が、いった。

第二章　告別式

1

十津川《とつがわ》は、神戸警察署の松木警部に電話で呼ばれて、日比谷公園の中にある、レストランに出かけていった。十津川も何度か利用したことのある、シャレた造りの、レストランである。

十津川がテーブルに着くと、松木は隣りの椅子《いす》を指さして、

「今まで、その椅子に、尾西洋次が座っていたんですよ」

と、いった。

十津川は、コーヒーを注文してから、

「尾西は、何か、手がかりになるようなことを話しましたか？」

松木は、笑って、

「いや、尾西がしゃべったのは、相変わらず、殺された奥さんのことばかりですよ。『こだま』の車内で死んだことが、どうにも不思議で仕方がない。新大阪から新神戸までのわずか一駅でも、自尊心の強い妻の香里は、必ず、格上の『のぞみ』に乗ったはずだ。『こだま』などには、絶対に、乗るはずがない。そういうのです」

「たしか、彼は、前にも、その話をしていたんじゃありませんか？」

「そうです。確かにその話をしていました。尾西にとっては、奥さんが『こだま』の車内で殺されたことが、よっぽど気になるんでしょうね。しかし、そのことばかりを強調されると、この男は、奥さんが死んだことを、それほど悲しんでいないんじゃないか、と勘繰りたくなりますよ」

松木警部が、いった。

「しかし、尾西香里が、新大阪から新神戸へ向かう『こだま757号』で死んでいたことは、間違いないんでしょう？」

「ええ、間違いありません」

十津川は、手帳を広げて、

「尾西洋次の証言によれば、四月五日、妻の香里は、東京十三時三十分発の『のぞみ39号』に乗って、大阪に向かった。その列車を、尾西洋次は、東京駅で見送った。『のぞみ39号』が新大阪に着くのは、十六時〇六分。そこで、尾西香里は列車から降り、今度は、新大阪発十六時三十八分の『こだま757号』に乗り換えた。そして、その車内で刺殺された。時系列で説明すると、こうなります」

「その通りです。実際、殺された尾西香里は、『こだま757号』の、新大阪から新神戸までの指定券を持っていました」

「普通に考えれば、尾西香里は、十六時〇六分、新大阪で『のぞみ39号』から降り、そこで誰かに会ったのです。その誰か、おそらく犯人でしょうが、その人物と一緒に、十六時三十八分、新大阪発博多行きの『こだま757号』に乗った。そして、新神戸に着くまでの間に殺された」

「ええ、私もそう思います」

「尾西香里が会ったと推測される人物について、夫の尾西洋次は、先ほど、会ったときに、何かいっていませんでしたか？」

「大阪と神戸の店を訪ねること以外に、香里が関西へ行く理由はなく、新大阪で誰かと会ったということは、まず考えられないそうです」

「尾西洋次は、何かを隠しているようには、見えませんでしたか？」

「自分に不利になるようなことは、何も話さない、そんな感じがしますね。会社の社長であることも、隠していましたし。それから、尾西は、何かに怯《おび》えているんじゃないでしょうか？　今日は、そんな印象を受けました」

　と、松木が、いった。

「怯えているというのは、どういうことですか？」

「ここで、私と話している間、時々、店の中を、ぐるっと見回すんですよ」

「尾西は、いったい、何に怯えているんでしょうね」

「具体的には分かりませんが、奥さんが死んで相続することになった、かなりの遺産に関係あるんじゃないでしょうか。急に大金を手にしたら、誰でも、落ち着かなくなってしまいますからね」

「私も、松木さんと同じように、尾西洋次が、どのくらいの額の遺産を引き継ぐことになるのか、気になったのです。一応、計算してみたのですが、どうやら、十億円近いということが、分かりました」

「十億円ですか。十分、殺しの動機になる金額ですね」

　松木が、ニヤリと笑った。尾西洋次も容疑者の一人、と見なしているからだろう。

　そう考えるのも、無理はない。尾西洋次のアリバイが、曖昧《あいまい》だからである。

　尾西は、事件当日の四月五日、東京駅十三時三十分発の『のぞみ39号』に乗った妻の香里を見送り、その後まっすぐ、六本木の自宅マンションに帰って、夜までずっと原稿を書いていた。これが、尾西が主張したアリバイである。

しかし、第三者が、尾西の行動を確認しているわけではない。あくまで、尾西本人が主張しているに過ぎず、そのアリバイは弱いのである。

妻の香里が『こだま』の車内で殺された時間帯も、尾西は、六本木の自宅マンションに一人でいたと証言している。

しかし、それを立証することはできなかった。その時刻に、自宅マンションに帰っていたという、証拠がないのである。

「東京十三時三十分発の『のぞみ39号』に乗った香里を見送った後、次の『のぞみ111号』に乗れば、香里が殺された『こだま757号』に、間に合います。殺した後も、『のぞみ』に乗れば、私の連絡した時刻に、六本木のマンションに戻るのも十分に可能です」

と、松木がいう。

「それから、尾西洋次は、携帯電話を持っていませんね」

十津川は、手帳を見ながらいった。

「その点は、私も不審に感じたので、本人に理由を聞いてみました」

と、松木が、いった。

「尾西は、何と答えましたか？」

「携帯電話を持っていると、いつも行動を監視されているようでイヤだし、作家として、原稿を書くことに没頭したいので、ずっと携帯電話を持たないようにしてきたと、そういっていいましたね」

「私は、尾西洋次が、奥さんに隠れて、浮気をしていたんじゃないかと、疑っているんです」

と、十津川が、いった。

「何か、それを裏付ける証拠が見つかりましたか？」

「いや、証拠は、何も見つかっていません」

「どうして、尾西洋次が浮気をしていたと、思うのですか？」

松木が、真剣な表情できく。

「尾西洋次の経歴です」

「と、いいますと？」

「尾西夫妻の経歴を調べていくと、夫の尾西洋次も、最初は、ファッションデザイナーとして、成功を収めていました。正確にいうと、成功しかけたことが、あるのです。ところが、結局、この世界では、尾西は勝ち残れず、妻のほうだけが有名になって、店を三軒も持ち、会社をつくるまでになった。つまり、尾西洋次は、妻の香里に頭が上がらなかったわけです。こういう時、敗残者となってしまった夫は、よく、妻に隠れて、浮気したりするものなんですよ。中には、浮気することに、生き甲斐《がい》のようなものを感じる人さえいます」

「生き甲斐ですか？」

「ええ、私は、以前、似たような事件を担当したことがあるのです。夫が成功し、妻が主婦として夫を助けている、こういうケースでは、妻が浮気をすることは、ほとんど、ありません。逆に、妻の方が成功し、夫は妻に頭が上がらないという場合、よく夫は浮気をするんですよ。妻に隠れて、女を作ってしまう。たぶん、人生の敗残者の夫にとって、妻をだますことが、満足感、あるいは生き甲斐になっているんじゃないでしょうか。私は、そう考えているのです」

「その浮気相手、尾西洋次の愛人、というのは、誰か見当はついているんですか？」

十津川は、首を振って、

「残念ながら、まだ、分かりません。尾西夫妻が住んでいた六本木の超高層マンションなんですが、セキュリティが厳しくて、マンションの住人以外が入るときは、エントランスの受付で、いちいち確認されるんです。その受付で調べてみると、尾西洋次を訪ねてきた女性は、これまでいなかった。しかし、私はそこで逆に、尾西には、妻以外の女がいた、という確信を抱いたんです。その女性を、ほかのマンションに住まわせておいて、尾西の方が、訪ねていっているんじゃないか？　そんなふうに考えたのです」

「もし、その女性が見つかれば、尾西洋次が香里を殺す、十分な動機になりますね」

松木が、またニッコリした。

2

十津川は、松木から頼まれていた書類を、手渡した。尾西夫妻は、港区内のK銀行に、口座を持っているのだが、その原簿の、ここ五年分の写しだった。

「この口座ですが、尾西香里の名義になっています。しかし、支店長の話によれば、夫の尾西洋次でも、同じ印鑑を使えば、いつでも下ろせるそうです。それには、妻の香里も了解していたようで、帳簿上では、引き出したのが、尾西洋次だったのか、それとも、尾西香里だったのか、はっきりしないといわれました」

松木は、その五年間の収支を、熱心に見ていたが、

「妻が殺害されて、公表される前に、すぐ三千万円を下ろしていますね。これは、何に

使う金なのか、尾西は説明しましたか？」

「身内の葬儀は済んだが、ファッションデザインの世界で有名だった香里のために、関係者を呼んで、お別れの会のような、告別式をやらなければならない。四月の十五日に、都内の有名ホテルでやるそうで、そのために、かなりの金がいるようなんです。一応、三千万円を準備したが、足らなければ、また口座から下ろすと、尾西はいっていました」

「四月十五日といえば、来週ですね。ホテルで告別式ですか？」

「尾西の話では、三百人以上、参列するようです。何しろ、僕と違って、彼女は有名人でしたから、と笑っていましたね」

「この口座は普通預金ですね。告別式の費用として、三千万円下ろしても、残高はまだ七千万円以上ある。かなりの金額です」

「ほかにも、定期預金の口座がいくつもありますよ。ほかの銀行にも、複数の口座を持っているようで、そこから、遺産の総額を、十億円近いと計算したのです」

と、十津川は、いった。

「さっき、十津川さんが話されたこと、とても参考になりましたよ」

松木が、笑顔でいった。

「えっ、私が、話したことですか？」

「そうです。妻が成功者で、夫のほうは、頭が上がらない。そういう場合には、たいてい、夫がよそに女を作って浮気するという、あの話です」

「念のために、女性刑事を一人、尾西洋次の尾行につけているのですが、今のところ、女に会う気配はないようですね」

十津川が、いった。

「まだ、奥さんが殺されてから、あまり時間が経《た》っていませんからね。十津川さんの想像通り、仮に女がいたとしても、会うのは用心しているんじゃありませんか？」

3

尾西香里の告別式は、四月十五日の午後四時から、都内のホテルで行われることになった。

夫の尾西洋次は、発起人にはなっておらず、有名なファッションデザイナーや、尾西香里が作ったドレスを愛用する女優などが、名前を連ねていた。

この式のために、尾西洋次は、三千万円を用意した、といっていたが、参列者の多くは香典を持ってくるだろうから、最終的には、そこまではかからないだろう。

十津川は、亀井《かめい》、松木とともに、この式に出席した。どんな人間が参列するのか、それを、知りたかったからである。

ホテルの大広間を借り切っての告別式である。尾西香里の交際範囲の広さを証明するように、何人か政治家も来ていたし、華やかな女優の姿もあった。

その点、尾西洋次関係の参列者は、寂しいものだった。若い頃からの友人が二人、それに、ミステリーの文学賞を受賞した関係で、出版社の人間が三人ほど、手伝いに来てくれた。尾西に関係する人間は、それだけである。

祭壇は、香里が好きだったというバラの花で彩《いろど》られ、その中央に、大きな遺影が飾られている。参列者には、一人ずつ、一輪のバラが渡され、焼香の後、それを祭壇に並べていく。

尾西洋次は、いちおう、発起人の席に座っていたが、そこは、彼には似合わないような感じがした。

「尾西を見ていると、奥さんが成功したファッションデザインの世界から、はじき出されているように見えますね」

「その奥さんが死んでしまって、尾西は、内心ホッとしているのかもしれませんよ。彼が、犯人でも、犯人でなくても、これまでの重圧は、大変なものだったでしょうからね」

と、十津川が、いった。

参列者の焼香が続いている。

その時、突然、悲鳴が上がった。

十津川には、何が起きたのか、すぐには分からなかった。

目を凝《こ》らすと、喪服を着た若い女性が、祭壇の手前で、倒れているのが分かった。この会場の熱気で、気持ちが悪くなったのかと思ったが、会場の警備に当たっていた若い男が、突然、

「救急車、呼んでください！」

と、大声を出した。その声で、祭壇の周辺が、騒然となった。

十津川と亀井、それに、松木の三人が、人混みをかき分けて、現場に近づいていった。うつ伏せに倒れているのは、二十代くらいの女性である。

十津川は、大声を挙げた警備の男に、

「どんな具合ですか？」

と、きいた。

「よく分かりませんが、急に倒れて、意識を失ったようなんです」

十津川は、相手に警察手帳を見せてから、かがみ込み、倒れている女性を、抱き起こした。

苦悶《くもん》の表情が凍りついていて、嚙《か》みしめた口元から、血が流れている。

「これは毒物を飲んでいますね」

十津川は、そばにいる松木警部に、いった。

「青酸カリとか？」

と、松木が、きく。

「おそらく、そうでしょう」

すぐに救急車が到着し、救急隊員が女性を担架に乗せて、運んでいった。

十津川たちも、その後に続いた。

もし、毒物だとすれば、自殺だろうか？　それとも、他殺だろうか？

そんなことを考えながら、十津川は、亀井をその場に残し、松木と二人で、救急車に乗り込んだ。

その女性は、近くの救急病院に運ばれたが、着いた時には、すでに死亡していた。死体から甘い臭《にお》いがする。青酸カリ特有の臭いだった。

救急病院の医師も、

「間違いなく、青酸カリによる中毒死ですね」

と、いった。

問題は、これが自殺か、他殺かということである。そのためには、まず身元を確認しなければならない。

4

十津川はすぐ、会場に残っている亀井に、電話をした。

「女性は、残念ながら、亡《な》くなったよ」

と、十津川は伝えてから、

「彼女の所持品が、そちらに残っていないか？」

「ハンドバッグが落ちていたので、押さえておきました。中に、運転免許証が入っていまして、名前は新井江美、現在、二十八歳だということが分かりました。住所は、四谷のマンションになっています」

　と、亀井がいった。

「そのハンドバッグは、彼女のものに間違いないね？」

「念のために、近くにいた参列者に確認しましたが、ハンドバッグの持ち主はいませんでした。倒れた彼女のものに、間違いないと思われます」

「会場で、誰かが式の様子をビデオで撮っていたはずだ。その映像を確保しておいてほしい」

　と、十津川が、いった。

「告別式の映像ですが、ホテルの担当者と、尾西香里の会社の社員が、同じようにビデオで撮影しています。その二人に、ビデオテープを提供してくれるように、頼んでおきます」

「それが済んだら、ハンドバッグを持って、こちらに来てくれ」

　と、十津川は、いった。

5

二十分後に、亀井が病院に到着し、ハンドバッグを、十津川と松木の二人に見せた。シャネルの、黒のハンドバッグである。

中にあった運転免許証の写真を見ると、間違いなく、青酸カリで死んだ女性だった。

この新井江美という女性は、いったい、何者なのだろうか？

「今日の式の参列者に、新井江美について聞いてみました。残念ながら、誰も、この名前には心当たりがない、といっています」

「尾西洋次も、そうなのか？」

「ええ、全く同じです。その名前は記憶にないそうです」

「他には？」

「尾西香里の同業者である、ファッションデザイナーや、大阪と神戸にある彼女の店の従業員にも聞いてみましたが、誰も、知らないといっています」

神戸警察署の松木警部は、十津川に向かって、

「私はいったん、神戸に帰ります。この新井江美という女性に関して、何か分かりまし

たら、すぐに、知らせてください」

と、いった。

十津川は、上司の三上《みかみ》刑事部長に、今日の告別式で、死者が出たことを報告してから、亀井を連れ、運転免許証に記載されていた四谷の住所を訪ねてみた。

新井江美の賃貸マンションは、すぐに分かった。まず、管理人に会った。

運転免許証の写真を見せると、

「このマンションの住人に、間違いありません」

と、管理人が、いった。

「彼女は、どういう仕事をしている人ですか？」

亀井が、きく。

「詳しくは分かりませんが、新宿か池袋か、どこかのクラブで働いている、というウワサや、モデルのような仕事もしているという話もありました」

「それは、本当ですか？」

「正直に申し上げると、よく分からないのです。夜になると出かけることもあれば、のんびりと一日中、部屋にいることも、あるらしい。何でも、金持ちのダンナがいるので、しゃかりきになって働かなくてもいい身分だ。そんな話を、聞いたこともあります」

「つまり、彼女に、男がいたわけですね。どんな男性なんですか?」

と、十津川が、きく。

「それも、はっきりとは知りません。このマンションには、裏手に非常口があるのですが、どうやら、いつも、そこから入ってくるようで、その男性と顔を合わせたことが、ほとんどないんです」

と、管理人が、いった。

このマンションでは、非常口の鍵は、各部屋の鍵で開けることができる。

男は新井江美を、訪ねる際、合鍵でその非常口を、開けて入っていたのだろう。エントランスにいる管理人が、男と顔を合わせることは、まずないだろう。

「では、一度も、顔を見たことがないんですか?」

「いや、実は、一度だけあるんです」

一カ月ほど前、何か慌《あわ》てたように、マンションのエントランスから、走って帰っていったという。その時、管理人と、危うくぶつかりそうになったというのである。

「その時は、新井江美さんが送って出てきましてね。男の人は、ひどく慌てているようすでした。急いでいたので、裏の非常口は使わず、大通りに面したエントランスから、出ていったのでしょう」

管理人は続けて、

「その方が、タクシーを拾うのにも、便利ですから」

と、いった。

「その時、男の顔を、はっきりと見ましたか？」

「それがですね、新井江美さんが、私と、その男の間に立ち、まるで顔を隠すようにしていたので、はっきりとは見ていないんですよ」

「何か、特徴は覚えていませんか？」

「身長が百七十センチくらいの、中年の男で、サングラスをかけていました。それに、なぜか大きなマスクをしていて、表情はまったく見えませんでした」

管理人は、申し訳なさそうに、いった。

「それでは、新井江美さんが住んでいた部屋を、見せてください」

十津川が、いった。

「本人のご了解を、いただきたいのですが」

「残念ながら、本日、新井さんは亡くなりました」

驚いている管理人を促し、新井江美が借りていた部屋の鍵を、開けてもらう。

間取りは２ＤＫだった。若い女性の部屋というより、あまり生活感のない、そして、男の存在を感じさせる部屋だった。

キッチンの料理道具などは、これといって揃《そろ》っていないのに、高級ブランドのドレスやハンドバッグ、靴などが、部屋のあちこちに置かれている。しかも、一人住まいにもかかわらず、ワインセラーがあり、高価なシャンパンが、何本も保管されていた。

十津川たちは、例の男の身元がわかるものを探したのだが、写真も手紙も、見つからなかった。

「新井江美さんですが、今日は何時頃、このマンションを出たのですか？」

十津川がきくと、管理人は、

「実は、ここ十日ほど、新井さんはマンションに帰ってきていなかったようなんですよ」

と、いう。

「どうして、帰っていなかったと、わかるんですか？」

「郵便物もそのままでしたし、新井さんの顔も、しばらく見ていなかったのです」

そういえば、何となく、部屋全体が、埃《ほこり》っぽい。

「彼女が留守の間、男の人は来ていませんでしたか？」

「ええ、来ていないはずです」

「新井江美さんが、この部屋を借りたのは、いつ頃からですか？」

「たしか、一年半ぐらい前からだと、思いますけど」

この賃貸マンションを扱っているのは、四ツ谷駅前の不動産屋だという。

十津川と亀井は、その不動産屋に足を運んだ。

担当の社員に、新井江美のことを聞いた。

管理人がいっていたように、一年半ぐらい前、正確には、一年三カ月前に、新井江美は、あのマンションを借りている。

契約の際には、彼女一人が来たので、その社員も、男性関係についてはわからない、といった。

契約書を見せてもらう。何か手がかりがあればと思ったのだが、本籍地の欄には、富山県、としか書いていない。職業は、無職になっている。

「あのマンションの管理人に聞いたのですが、新井江美さんは、新宿か池袋のクラブで、ホステスをやっていたらしいのです。そのことは聞いていませんか？」

「その契約書には、無職と書いてありますが、数カ月の賃料を前払いしていただいたので、いちいち、どんな仕事をやっていますか、などと、聞かなかったんだと思います。ただ、服装とか、雰囲気とかから、水商売の人だろうとは、想像していました」

と、社員は、いった。

6

その日の夜、自殺か、他殺かの判断はついていなかったが、とりあえず、捜査本部が置かれることになった。

死体は、司法解剖に回され、第一回の捜査会議が開かれた。

十津川が、まず見せたのは、告別式の様子を収めた映像である。ホテル側が用意したものと、亡くなった尾西香里の会社の社員が撮ったビデオだ。

招待客の焼香が終わった後、尾西香里のファンに、自由に焼香してもらうことになっていた。今日の式のことを知って、ホテルに来ていた五十人ばかりが焼香した。

死亡した新井江美も、その中の一人だった。

その五十人も、ゆっくりと祭壇に進んで焼香し、バラの花を供えて、引き揚げていく。

その映像を見ながら、十津川が、しゃべった。

「これは、まだ編集していない映像です。時間通りに再生されますから、それを踏まえて、よく見てください。問題の女性が、受付で、バラの花を渡されています。この後、一般参列者の五十人は、順々に、祭壇に向かって進んでいきます。今、問題の彼女が、祭壇の前まで来ました。バラの花を受け取ってから、ここまでに、七分かかっています。このあと、彼女は、突然、苦しみ出し、その場に倒れて、周りの人たちが騒ぎ出しています。医者によると、新井江美が飲んだと思われる青酸カリは、かなり即効性のあるもので、飲んでから二分以内に、死亡するといわれています。この映像を見ると、受付でバラの花を渡された時から、苦しみ出すまでに約八分かかっていますが、その間に、青酸カリを飲んだということは、あり得ません。そうしたシーンは、全く映っていないからです。とすると、受付で、バラの花を渡される前に、青酸カリを飲んだことになります」

「それは、どういう意味なんだ？」

三上刑事部長が、きく。

「考えられるのは、青酸カリがカプセルに入っていたということです。受付で、バラの花が渡される前に、新井江美は、青酸カリの入ったカプセルを飲んだのです。祭壇の前まで来た時に、ちょうどそのカプセルが溶けて、中毒症状を起こした。このビデオを見る限り、そうとしか考えられません」

「そうだとしても、自分で飲んだのか、誰かに飲まされたのか、分からんのだろう？」

「自殺と仮定したら、青酸カリ入りのカプセルを、一粒だけ、裸でポケットに入れておくとか、ハンドバッグに入れておくというのは、考えにくいと思うのです。何しろ、劇薬ですからね。小さな薬瓶に入れるとか、袋に入れておくのが普通。彼女の喪服のポケットには、そんなものは、入っていませんでしたし、彼女のハンドバッグにも入っていませんでした」

「そうすると、君は、誰かが、そのカプセルを新井江美に飲ませたと考えるんだな？」

「今のところ、その可能性が高いと、思っています」

「しかし、青酸カリ入りのカプセルを、相手に悟られずに飲ませることが出来るものかね？」

「新井江美に、何か持病があったとします。心臓病だとか、アレルギーがあるとか、そういうことです。日常的に、そういう薬をカプセルに入れて飲んでいるならば、ある人間が、青酸カリ入りのカプセルを、新井江美に飲ませることは、さほどむずかしくはないと思うのです。その人間が、彼女と親しければ、疑わずに、飲んだのではないでしょうか？」

「では、誰かが、新井江美に、青酸カリ入りのカプセルを飲ませたとしよう。しかし、その人間は、どうして、そんなことを、やったのかね？　動機がわからない。尾西香里の霊前に焼香したいと思って、あのホテルに来た女性を、衆人環視の中で殺す必要が、どうして、あるのかね？」

「理由は、いろいろと考えられます。例えば、尾西香里の告別式には、相当な数の参列者が集まりました。ファッション業界だけではなくて、様々な分野から、有名人が来ていました。生前から尾西香里を快く思っていなかった人物が、それを面白くないと、感じていたのかもしれません。知り合いの新井江美が参列するというので、嫌がらせに、青酸カリ入りのカプセルを飲ませ、会場で殺してしまう。告別式を台無しにするためです。その人間が、ファッションデザインの世界で失敗した人間だとすれば、可能性はあると思います」

「ほかにも、何か、考えられるかね？」

と三上が、促した。

「こういうことも、考えられます。犯人である男と新井江美は、前日から、あのホテルに、泊まっていた。二人の仲は、完全に冷え切っていたとします。もし、男が部屋の中で新井江美を殺害すれば、簡単に逮捕されてしまう。そこで、どうしたらいいかと考えている時に、たまたま、新井江美が、亡《な》くなったファッションデザイナー、尾西香里のファンで、翌日、同じホテルで開かれる式に参列したいと言い出したら、どうするのか。

これは、犯人にとってチャンスです。盛大なお別れの会で、いろいろな人が参列している。その会場で、喪服を着て、青酸カリで亡くなれば、警察も関係者も、彼女の死は、今日の告別式に関係している尾西香里のファンが彼女のあとを追って、会場で自殺したのだろう、と考えてしまい、自分のほうに、疑いがかかってこない。そう考えて、犯人が、青酸カリ入りのカプセルを、新井江美に飲ませたのではないか？　こういうことも、十分に考えられます」

「どうやら、君は、あくまでも、今回の事件は、自殺ではなくて、殺人だと、思っているようだね？」

「そうです。こんな形での自殺は、まず、考えられませんから」

「君と亀井刑事が、新井江美のマンションに調べに行ったんだろう？　その結果も、聞きたいね」

「新井江美は、ＪＲ四ツ谷駅の近くの、マンションに、およそ一年半前から住んでいました。彼女に、交際中の中年男性がいたことは、間違いありません。管理人は、その男について、いつも隠れて入ってきて、隠れて帰っていっているようだ、と証言していました。そのため、はっきりした人相などは分かりませんが、身長は百七十センチくらいです。その管理人の証言から、私は、その男は、家庭を持っている男だろうと考えました」

「どうしてかね？」

「男は、いつも裏の非常口から入っていたようです。顔を見られないためだと、思います。ある日、男は慌てて、管理人にぶつかりそうになりながら、マンションのエントランスから大通りに飛び出していったというのです。大通りでは、タクシーを停めやすいからです。その時、男は新井江美の部屋に長く居すぎて、一刻も早く自宅に帰らなければならなかったのではないでしょうか。ヘタをすると、奥さんに、浮気が見つかってしまうかもしれない。それで、慌てて、飛び出していったのだろうと思います」

「しかしだね、今日、告別式の会場で死んだ、新井江美だが、それが、殺人だとしても、新大阪と新神戸の間の『こだま』の車内で殺された尾西香里の事件と、何か関係してくるのかね？　それとも、全く関係がなくて、ただ単に、犯人が、会場を利用したということなのかね？」

三上が、しつこくきく。

「今のところ、何ともいえません。今、分かっているのは、尾西香里の告別式会場で、若い女が一人、青酸カリ入りのカプセルで死んだという事実だけです。尾西香里殺しと関係があるのか、ないのか、それは分かりません」

十津川は、慎重にいった。

7

翌日、司法解剖の結果が、十津川に報告された。死亡推定時刻は、新井江美が倒れた、午後四時二十五分。多くの人が見ているから、それは間違いない。

死因はやはり、青酸中毒による窒息死。もちろん、カプセルは溶けてしまって、跡形もない。ただ、胃の中から、コーヒーの成分とビスケットが見つかったという。

犯人は、コーヒーと一緒に、青酸カリ入りのカプセルを飲ませたのか。

「それにしても、青酸カリ入りのカプセルを、コーヒーと一緒に飲むというのは、ちょっとおかしいな」

十津川が、いった。

「同感です。犯人が、青酸カリを飲ませるにしても、コーヒーを使うならば、カプセルは使わず、青酸カリの粉か液体を、直接コーヒーに混ぜて、飲ませるのが普通だと思いますから」

と、亀井も、いった。

そこで、胃の中に残っていたビスケットを分析した。

十津川は、

「告別式の行われたホテルに、行ってみよう」

と、亀井を誘った。

「ホテルには、喫茶ルームが、ありました。そこで、問題のコーヒーを飲んだと、警部は考えているんじゃないですか？」

「その通りだ。たしか、喫茶ルームは大広間のそばにあった」

と、十津川が、いった。

十津川は、その喫茶ルームで働いているウェイトレスから話を聞いた。

「昨日、この隣りの大広間で、ファッションデザイナー、尾西香里の告別式がありましたね？」

「ええ、知っています」

ウェイトレスが、うなずいた。

「ここではコーヒーと一緒に、何かお菓子を出しているんですか？」

「ええ、ウチでは、支配人の考えで、ベルギー産の直輸入のビスケットを、お出ししています」

ウェイトレスが、いう。

そのビスケットを分析のために貰《もら》い、十津川は、新井江美の写真を相手に見せた。

「昨日の午後四時頃、この女性が、ここで、コーヒーを飲んでいませんでしたか？」

十津川が、きくと、ウェイトレスは、顔写真をじっと見ている。十津川が、

「昨日、この女性は、喪服を着ていたんです。高級ブランドの服だと思いますけどね」

と、いうと、ウェイトレスは、ニッコリして、

「ああ。それなら、覚えています。たしかに、この人でした。喪服が似合う人だなと、
支配人も、いっていました」

「その時、女性に連れは、いませんでしたか？　たぶん、中年の男性だと、思うのですが」

と、亀井が、いった。

今度は、ウェイトレスは、首を横に振った。

「お連れの方は、いらっしゃいましたが、男の人ではありません。女の人です」

「女性ですか？　どんな女性でしたか？」

「背の高い女の人です」

と、ウェイトレスが、いう。

「ここでは、コーヒーを出す時、一緒に水を出しませんか？」

と、十津川が、きいた。

その水で、青酸カリ入りのカプセルを飲んだ。いや、飲まされたのではないかと、思ったからである。

しかし、ウェイトレスは、

「ここは注文がない限り、お冷《ひや》は出さないことにしています」

と、いう。

「それでは、写真の女性、連れもいたそうですが、お冷は、注文しなかったのですか？」

「コーヒーをお飲みになった後で、お連れの方が、お冷をください。そう、いわれました。薬を飲むので、といわれたので、お冷をお出ししましたが、たしかに、写真の女性の方は、薬を飲んでいらっしゃいました」

しかし、どんな薬かは、見なかったという。

「もう一度、確認しますが、コーヒーを飲み終わった後で、お冷が、欲しいといったのですね？」

「ええ、そうです」

と、ウェイトレスが、いった。

十津川と亀井はコーヒーを注文し、それを飲みながら、ウェイトレスと、支配人に向かって、

「写真の女性と一緒に、ここに来た、女性の顔を、覚えていますか？　覚えているのなら、それを元に、似顔絵を作りたいのですが」

と、いった。

あまり自信がないという、ウェイトレスと支配人を説き伏せて、

「だいたいの印象だけでもいいいんです」

と、いい、ウェイトレスと支配人に、警視庁まで来てもらい、似顔絵づくりに協力してもらうことにした。

8

何とか、連れの女性の似顔絵が、でき上がった。しかし、相変わらず、店の支配人も、ウェイトレスも、自信がないという。

「ただ、背の高い方だというのは、間違いありません」

と、ウェイトレスが、いった。

おそらく、百七十センチ以上はあったという。しかも、ハイヒールを履いていたというから、さらに大きく見えたのだろう。

「連れの女性は、喪服は着ていなかったのですか？」

十津川が、きいた。

「ワンピースでした。春らしくて明るい感じの」

と、ウェイトレスが、いう。

二人は、捜査本部で、三上刑事部長に、店の支配人とウェイトレスに聞いた話を、そのまま伝えた。

「ビスケットの分析結果も、ホテルの喫茶ルームで出しているものと一致しました。これで、殺人の可能性が、いっそう強くなったと、思います」

と、十津川は、いった。

背の高い女性の似顔絵も、三上刑事部長に見せた。

「これを作るのに協力してくれた、店の支配人とウェイトレスは、自信がないといっていましたが、雰囲気は出ているそうです。ちょっときつい感じの顔で、かなり大きく見えたと、いっていました」

「この似顔絵の女性が、青酸カリ入りのカプセルを、新井江美に飲ませた。つまり、そういうことだね?」

「そうです。コーヒーを飲み終わった後、この女性は、薬を飲むためにお冷が欲しいと、わざわざ注文しているのです。新井江美が、その水で薬を飲んだことは、間違いないでしょう。その後、喪服を着ていた新井江美は、すぐ隣りの、告別式の会場に入り、バラの花を受け取って、祭壇に向かったのです」

三上刑事部長も、乗り気になってきたらしく、

「この背の高い女性だが、ファッション誌のモデルか何かだったら、尾西香里の死と繫《つな》がってくるね」

「その点も、これから、調べてみるつもりです。部長がいわれたように、この似顔絵の女性が、ファッション業界に関係していれば、二つの事件は繫がってきます」

十津川も、ニッコリしていった。

これまで、新井江美の事件については、自殺、他殺の両面から捜査を進めていたのだが、ここに来て、殺人事件と断定し、捜査することに決定した。

十津川は、北条早苗《ほうじょうさなえ》刑事に、問題の女性の似顔絵を渡し、彼女が、ファッション業界と関係があるかどうかを、調べてくるようにいった。

北条早苗が、三田村《みたむら》刑事と出かけていった後、十津川は、神戸警察署の松木警部に電

話をした。

「これから、警視庁と、兵庫県警との合同捜査になりそうです」

十津川がいうと、電話の向こうで、松木が、

「東京で起きた事件は、殺人事件と断定されたのですか？」

「そうです。告別式が開かれた大広間の隣りに、喫茶ルームがありましてね。新井江美が、そこで、コーヒーを飲んでいたことが分かりました。彼女の連れが、ウェイトレスに、薬を飲みたいのでお冷が欲しい、と注文しているのです。新井江美が、その水で何かの薬を飲んでいたと、ウェイトレスは証言しています。間違いなく、新井江美は、青酸カリ入りのカプセルを飲んだんですよ。そして、隣りの大広間で行われていた、お別れの会に参列した。こういう流れがあったことは、まず間違いありません」

「すると、その喫茶ルームで、新井江美と一緒にいた男が、犯人ということに、なりますね？」

「いや、新井江美の連れは、男ではなくて、女性だったそうです。背の高い女性で、似顔絵を作りました。その似顔絵も、そちらに送ります」

「その連れの女性が、ファッション業界の関係者ならば、二つの事件は、結びつきますね」

電話の向こうで、松木が、嬉《うれ》しそうに、いった。

「ウチの部長も、同じことを、いっています。それで、現在、調査中ですので、結果が分かり次第、お知らせしますよ」

と、十津川はいい、その似顔絵を、神戸警察署に送った。

夕方になって、捜査に出ていた北条早苗刑事から、

「ファッション業界の人間や、ファッション誌の編集者などにも会って、話を聞いてみたのですが、この女性について、知っているという証言は、まだ、得られていません」

という報告が、入った。

北条早苗刑事と三田村刑事は、その日、夜遅くなってから、捜査本部に帰ってきた。

「関係者に当たってみたのですが、この似顔絵の女性を知っている、という人間は、やはり見つかりませんでした」

と、まず、早苗が、いった。

続いて、三田村が、

「ファッション業界関係者、全員の写真というのはないのですが、それに近いものを、入手しました」

そういって、名簿と写真集を、十津川の前に置いた。

十津川が、重視したのは、女性モデルの写真集だった。一流のモデルだけでなく、まだ学校に通っているような、モデルの卵も載っていた。身長、体重なども、記載されている。

それを似顔絵と、比べて見ていった。

しかし、モデルの写真の中には、目的の女性は、とうとう見つからなかった。

「見つかりませんね」

一緒に、写真集を見ていた亀井が、小さなため息をついた。

「ほかにも、気になっていることがある」

と、十津川が、いった。

「何ですか？」

「この新井江美が、どうして、あの告別式に参列したのか、ということだよ。彼女のマンションを調べると、ドレスもハンドバッグも靴も、すべて外国のブランド品ばかりだった。尾西香里がデザインした服は、一着もなかった。それなのに、なぜ尾西香里の式に、わざわざ、参列したのだろうか？　そこが、分からない」

「その点は、私は、こう考えます」

と、亀井が、いう。

「新井江美は、尾西香里のお別れの会に行ったのではなくて、あの会場にいた、誰かに会いに行ったのではないかと、思うのです。有名なデザイナーも来ていましたし、それに、尾西洋次も、いました」

十津川は、笑って、

「尾西洋次は、有名人じゃないよ。ファッションデザインの世界では落伍者《らくごしゃ》で、今は、新人のミステリー作家だ」

「しかし、死んだ奥さんの、十億円近い遺産を引き継いでいます。その点では、有名人の一人ではないかと、思いますね」

と、亀井が、いった。

「そうか、カメさんは、新井江美が、尾西洋次の浮気の相手だと、思っているんだな?」

「その可能性は、大いにあると、思っていますが」

「しかし、尾西は、犯人じゃないよ。彼はずっと、お別れの会の会場にいて、新井江美に、青酸カリ入りのカプセルを飲ませることはできなかったからね」

第三章　新井江美の過去

1

新井江美という二十八歳の女性が、四月十五日、尾西香里の告別式の最中に、突然、死んだ。

十津川は、この新井江美が、尾西洋次の浮気相手ではないか？　と考えていた。しかし、仮に、それが当たっていたとしても、尾西洋次が彼女を殺すのは、不可能だった。都内のホテルで行われた、香里の告別式では、夫である尾西洋次は、ずっと発起人の席に座ったまま、一度もそこを離れなかった。そのことは、十津川自身が確認している。

捜査会議の冒頭、十津川が、これまでの経緯を説明した後、三上刑事部長が、質問した。

「君がいうように、告別式の会場で、尾西洋次が新井江美を殺すことが不可能なのは、よく分かる。たしかに無理だ。だからといって、参列していた尾西洋次と、殺害された新井江美の間に、何の関係もなかったとは、思っていないんだろう？」

「現段階では、尾西洋次と、新井江美との関係は、まだ分かりません。何か関係があったかもしれませんし、なかったかもしれません。いずれにせよ、私としては、新井江美殺しの捜査を進めるよりも先に、兵庫県警の要請にしたがい、尾西香里殺しの捜査を進めたいのです。尾西香里の事件について、何か手がかりがつかめれば、新井江美殺しについても、自然に真相が明らかになるのではないかと考えています」

「そう考える理由は、いったい何なんだね？　たった今、君は、尾西洋次と新井江美との関係は、あったかもしれないし、なかったかもしれない、そう口にしたばかりじゃないか？　尾西洋次の周辺で、相次いで殺人事件が起こったのも、ただの偶然かも知れないだろう」

「もちろん、その通りですが、まったく無関係だとも、思えないのです。とにかく、尾西洋次という男は、何かを隠している。尾西香里殺しについても、彼は、まだアリバイが完全ではありません」

「尾西洋次は、問題の、四月五日の月曜日、妻の香里を、いつものように東京駅まで送っていき、その後、六本木の自宅マンションに、まっすぐ帰って、小説の原稿をずっと書いていた、といっているんだろう？　その証言の、どこが怪しいのかね？　不自然な点はないと思うが」

と、三上が、いう。

「それは、あくまで、尾西本人が主張しているアリバイにすぎないんです。東京駅から、まっすぐ自宅マンションに帰ったという、証拠はありません」

十津川は、話を続けた。

「さらに引っ掛かるのは、尾西洋次が、香里が乗っていた新幹線について、やたらに疑問を口にすることです。兵庫県警神戸警察署の松木警部によれば、尾西香里は、新大阪と新神戸との間を走っていた、下りの『こだま』の車内で、胸を刺されて殺されていた。それに対して、尾西洋次は、妻が『こだま』の中で殺されていたというのは、どう考えても、おかしい。どんなに短い区間であっても、『こだま』『ひかり』『のぞみ』の三種類の中だったら、格上の『のぞみ』に乗るはずだというんです。自尊心の強い妻が、グリーン車もついていない、『こだま』に乗っていたのは、絶対におかしい。そんなはずはないと、尾西洋次は、そればかりを繰り返すのです。つまり、それだけ尾西洋次は、時刻表や列車のダイヤに執着している。実際、いつも小さな時刻表を持ち歩いているそうです」

「尾西は、時刻表を持ち歩いているのか？」

「ええ。その話を聞いて、ピンと来たんです。ひょっとすると、尾西洋次は、妻の香里に隠れて、浮気をしていたのではないのかと。突拍子もなく聞こえるかも知れませんが、彼は、時刻表を使って、浮気をしていたと思うんです」

と、十津川が、いった。

「時刻表を使った浮気だって。いったい、どんな浮気なのかね？」

三上が、十津川に、きいた。

「毎週月曜日に、尾西香里は、東京発十三時三十分の『のぞみ39号』で関西に向かい、大阪と神戸にある、自分の店を回って歩くことになっています。その『のぞみ39号』に、妻の尾西香里が乗るのを東京駅で見送ってから、尾西洋次は、まっすぐ六本木の自宅マンションに戻ったといっています。しかし、本当は、六本木のマンションには帰らず、どこか、別のところに寄ったのではないか？　そう考えたのです。十三時三十分発の『のぞみ39号』は、十六時〇六分に、新大阪に到着します。嫉妬心《しっとしん》の強い香里は、列車が新大阪に着くとすぐか、あるいは自分の店から、電話をかけてきたそうですが、逆に考えると、この間、約二時間三十分以上もあったことになります。この二時間三十分という時間を利用して、尾西洋次は、妻には内緒で、どこかで浮気をしていたのではないかと、私は、考えたのです」

「二時間三十分の浮気かね？」

「ええ、そうです。東京駅で妻を見送った後、夫の尾西洋次は、タクシーを使って、急いでどこかに移動します。新宿か渋谷か、どこかは分かりませんが、たぶん短い時間で行ける場所だと思います。そこに、妻に内緒で若い女性を囲っていた。そこへ急行して、一時間ほどの浮気を楽しんだ後、妻から電話がかかってくるまでに、六本木の自宅マンションに帰ればいいのです。毎週月曜日、その浮気を楽しんでいたのではないでしょうか？」

2

「ちょっと待て」

笑いながら三上刑事部長が、十津川の言葉を制して、

「そんな分刻みのような浮気が、本当に楽しいのかね？　時計の針が気になって、楽しめないんじゃないのか？」

「たしかに、そうかもしれません。しかし、こうした時間に追われるような浮気という

のが、尾西洋次にとっては、結構楽しかったのではないでしょうか。これまで、尾西洋次は、妻の香里に、全《すべ》ての面で負けてしまっていた。自分がなりたかった、ファッションデザイナーの地位に、妻の香里がつき、しかも彼女は大成功して、今では自分の店を三店も持っています。尾西のほうはというと、最近、小さな文学賞を、やっと受賞してはいますが、これで、作家として成功したのかどうか、筆一本で食べていけるのかどうかは、まだ、分かりません。敗者の尾西は、妻の香里に対して、強いコンプレックスを抱き、それを何とかして、逆転してやろうと考えていた。毎週月曜日になると、時刻表を使った気ぜわしい浮気をして、それに気づかない香里に対し、ざまあみろと、腹の中で笑っていたのではないでしょうか？　尾西にしてみれば、二重のストレス解消でもあったわけですよ。刑事部長のいわれた、分刻みで時間に追われるような、そんな浮気が、逆にいえば、尾西の快感ではなかったのかと、そう考えているのです」

「なるほど。君のいう通り、尾西洋次が、時刻表を使った浮気を楽しんでいたとしよう。すると、その相手は、いったい誰なんだ？」

「尾西洋次は、東京駅で新大阪に向かう妻の香里を見送った後、女のところに、直行します。ここで、どうしても、新井江美が浮かんでくる。彼女が四谷にあるマンションに住んでいたからです。東京駅で妻を見送った後、尾西は、タクシーで四谷に行きます。

東京駅からなら、遅くとも、十四時過ぎには四谷に着きますから、そこで約一時間、新井江美と浮気をして、十五時になったら、多少未練はあっても、まっすぐ六本木の自宅マンションに、帰ります。タクシーで帰れば、四谷から六本木なら、三十分で楽に帰れるはずです。帰宅したら、妻の香里からの電話を待てばいい。毎週、月曜日には、必ずそうしていたのだと思いますね。尾西が電話に出て、君を見送ってから、自宅のマンションに、まっすぐ帰ってきて、今、原稿を書いているところだと、いう。この言葉を聞いて、尾西香里は、安心する。二人は毎週、これを繰り返していたんじゃないかと思いますね」

「たしかに、それなら、話の辻褄《つじつま》が合うな」

「四月五日の月曜日も、尾西洋次は、いつもと同じように、四谷で浮気をし、その後、六本木の自宅マンションに帰って、尾西香里からの電話を待っていたのではないか、と思うのです。ところが、いつもかかってくる時間を過ぎても、妻の香里から、いっこうに電話がかかってこない。何かあったのかと思っていたところに、神戸警察署の松木警部から、電話がかかってきて、新大阪と新神戸の間を走っている『こだま』の車内で、香里が胸を刺され、殺されたことを知らされたのです。これが、四月五日に、実際にあったことだと思うのです」

「その推理が正しいかどうかは、尾西洋次に直接、聞いてみるしかなさそうだな」

三上が、いった。

「すでに、尾西洋次に、こちらに来るように頼んであります。その点を確認してみましょう」

と、十津川が、いった。

3

捜査一課を訪ねてきた、尾西洋次に対し、十津川と亀井は、わざと尋問するようなきつい口調で、質問をぶつけてみた。礼儀正しく対応していては、彼が正直に話すはずがないからである。

「いろいろと、君のことを調べてみた。どうやら、君は、時刻表を使って、浮気を楽しんでいたんじゃないのかね？」

十津川は、ズバリと、切り込んでから、

「私の推理が、間違っていたら、遠慮なく、いってくれたまえ。君は毎週月曜日、東京駅まで、奥さんを見送りに行っていた。奥さんは、決まっていつも、十三時三十分発の

『のぞみ39号』に乗って、新大阪に向かう。君は、その後、束《つか》の間《ま》の浮気を楽しんで、十六時〇六分までに、六本木の自宅マンションに帰ることを、繰り返していた。十六時〇六分には、『のぞみ39号』が新大阪に着き、その後、奥さんが、六本木の自宅マンションに電話する。君が、その電話に出れば、浮気をしていることが、バレなくて済む。そんな、ハラハラするような、浮気を楽しんでいたんじゃないのかね？　私は、それで間違いないと思っている。もし、間違いなら、四月五日の、君の行動を聞かせてくれないか？　断っておくが、君が本当に浮気をしていたとしても、そのことで、君に、妻殺しの疑いをかけるわけじゃない。その点は、安心して、正直に、話してもらいたい」

十津川が、一気にいい終えて、じっと、尾西の顔を見た。尾西は、しばらく何かを考えているようだったが、

「分かりました。正直に、いいましょう。今、警部さんが話したことは、全て事実です。私は、毎週月曜日に、浮気をしていました。時刻表を使って、妻を騙《だま》すことに、快感のようなものを、覚えていた。いってみれば、負け犬の浅知恵みたいなものです。警部さんから見ても、私たち夫婦は、妻が勝ち組で、夫の私が負け組だと、はっきり分かるでしょう？　私の浮気は、いわば、その負け組の、ささやかな復讐《ふくしゅう》みたいなものですよ」

「奥さんが殺された、四月五日にも、君は、同じことを、やっていたわけかね？」

「その通りです。東京駅で、十三時三十分に『のぞみ39号』に乗った妻を見送った後、私は、タクシーを使って移動し、女のマンションで、一時間ほど過ごした後、タクシーを飛ばして、六本木にある自宅マンションに帰りました。着いたのは、ちょうど午後四時です。間違いありません。時計を見ると、しっかり間に合っていたので、何だか、自分が偉くなったような気持ちで、安楽椅子《いす》に腰を下ろし、妻の香里が、電話をしてくるのを待っていました。香里という女は、ヤキモチ焼きでしてね。何かというと、電話をかけてくるのです。だから、私は、香里に、何といわれようとも、携帯を持たなかったんです。年がら年中、行動を監視されてしまいますからね。しかも、香里は、なぜか、列車内から携帯で電話をかけるのが、あまり好きではありませんでした。十六時〇六分に『のぞみ39号』が新大阪駅に着いた後でなければ、絶対に電話をかけてこないのですよ。だから、四月五日も、時間には十分間に合っていたので、ノンビリしていました。妻の香里を、今日も騙してやった。その快感に酔っていたのです。ところが、いつまで経《た》っても、香里から、電話がかかってきません。ひょっとすると、妻は、私が浮気をしているのを疑って、途中で新幹線をおり、六本木の自宅マンションに戻って来たのではないか。私がいないので、浮気を確信し、今頃弁護士と、離婚の相談をしているのではないか。そんなことまで、考えたのです。ところが、夜になって、兵庫県警神戸警察署の松木さんという警部さんから、電話がありましてね。新大阪と新神戸の間を走っていた、『こだま757号』の車内で、香里が、殺されていたというのです」

「君は、殺された奥さんが『のぞみ』ではなくて、『こだま』に乗っていたことが、おかしいといったが、それはどうしてなんだ？」

「松木さんにもお話ししたのですが、香里は、人一倍、自尊心の強い女ですからね。たとえ短い区間でも『こだま』『ひかり』『のぞみ』が走っていれば、絶対に格上でスピードも速い『のぞみ』に乗るんです。だから、彼女が『こだま』の車内で殺されていた、というのは、何とも、納得できないのです」

　と、尾西が、いった。

「君は、時刻表を使った、浮気を楽しんでいた。その相手なんだが、香里さんの告別式の際、式場のホテルで青酸中毒死した、新井江美じゃないのかね？　新井江美が住んでいたのは、四谷のマンションだった。東京駅から四谷までは、タクシーでほんの二十分ぐらいだし、分刻みの浮気には、最適の場所だろう。そこのマンションに女を囲っておけば、時間を有効に使えるからね。それとも、ほかの女性を、別の場所に、囲っていたのかね？」

「私の浮気相手は、お察しの通り、新井江美ですよ。四谷のマンションに住まわせておいて、東京駅から、四谷まで直行していたんです。しかし、私は、彼女を、殺していません。これだけは、はっきり、いっておきます」

「それは、分かっている。ホテルの式場で、君が直接、新井江美を殺すことは、不可能だった。ただ、君には、尾西香里、奥さん殺しの容疑がかかっている」

十津川が、そういうと、尾西洋次は、顔色を変えて、

「冗談じゃありません。私は、家内を殺してなんか、いませんよ。四月五日の月曜日も、妻を見送った後で、まっすぐ、四谷に行き、新井江美との浮気を、楽しんでいたんですから。新大阪まで妻を追いかけていって、新神戸に行く『こだま』の中で、妻を殺したりなんか、しませんよ」

「四月五日、君は、東京駅で奥さんを見送った後、四谷に行き、新井江美と浮気をして、それから、十六時までに、六本木の自宅マンションに戻ったといっている。しかしだね、それを証明できるのかね？　できないだろう？　何しろ、唯一、証明できる新井江美は、すでに、死んでしまっているし、十六時までに六本木に帰ったという証拠は、何もないんだ。逆に、四月五日、東京駅で、妻の香里を見送った後、次の新幹線で、君自身も、新大阪に向かった。奥さんには、何か理由をつけて、新大阪で待っているようにいった。奥さんに追いつき、新神戸に向かう『こだま』の車内で、彼女を殺し、何食わぬ顔で、

東京に戻ってくることは、十分に可能なんだ。江美が死んでしまった今となっては、君には、奥さん殺しについてのアリバイが、ないんだよ」

「私じゃありません。第一、私が、妻を追いかけていって、新大阪と、新神戸の間で、妻を殺すとしたら、『こだま』は、絶対に使いませんよ。何回でもいいますが、香里という女は、『こだま』『ひかり』『のぞみ』の三本が走っていれば、絶対に、一番速く、格上の『のぞみ』のグリーン車に乗る。そういう女なんです。だから、私が、彼女を殺すのなら、『のぞみ』の車内で殺すことになります」

尾西が、いうと、十津川は、笑った。

「君はしつこく、妻の香里は『こだま』には乗らない、『のぞみ』に乗るというが、それを主張しているのは君だけで、ほかの人は、そんなことはいっていないんだ。君が、自分に疑いがかかるのがイヤで、わざと『こだま』に乗っていたのはおかしい、といっているんじゃないのか？」

「とにかく、何といわれようとも、私は、妻の香里を、殺してなんかいませんよ。四月五日には、時刻表を使って、妻を騙して浮気を楽しんでいただけなんです。四谷に行って、マンションに囲っていた、新井江美と過ごして、それから十六時に、六本木の自宅マンションに帰ったんですよ。新大阪と新神戸の間で、妻の香里を、殺すなんて、出来っこないんです」

4

十津川は、追及の手を緩めなかった。

「まだ君は、ほかにも、何か隠していることが、あるんじゃないのかね？　私が問い詰めるまで、浮気のことは黙っていたじゃないか。だから、君の話は、信頼できないんだよ」

「これ以上、何を、話せばいいんですか？　浮気だって、ちゃんと、認めたじゃありませんか？」

「ホテルの告別式で死んだ、新井江美についても、もっと話を聞かせてもらいたい。どこで、新井江美と知り合い、いつから、親しくなったのか？　四月五日に、四谷で新井江美と遊んだ後、なぜ、告別式の会場で、彼女が殺されたのか？　その説明を、してもらいたい。それに納得できなければ、われわれは、君を信用しないぞ」

十津川が、脅かすと、尾西は、

「警部さんが、信用してくれるかどうかは分かりませんが、正直に、四月五日に何をしたか、全て話しますよ。今もいったように、妻の香里を東京駅で見送った後、四谷に行って、新井江美と遊びました。十六時に、六本木のマンションに帰って、妻からの電話を待っていたら、彼女が殺されたという電話があったのです。私は、急に不安になりました。私には、妻の香里を殺す動機が、あるのです。夫婦になってから、私にはほとんど稼ぎがなかったのに対して、妻の香里は、ファッションデザイナーとして成功し、店を三店持ち、かなりの財産も作りました。財産のほとんどは、妻のもので、私には、全くありません。それは、間違いなく、妻を殺す動機になるのです。彼女が死ねば、その財産が転がりこんでくる。その上、妻に隠れて、浮気をしていました。このことも、動機としては十分でしょう。その心配もあって、慌《あわ》てて、四谷のマンションにいる新井江美に、電話をしました。警察がそちらに行っても、俺のことは話すなと、クギを刺しておきたかったのです。しかし、何度電話をしても、新井江美は、電話に、出ませんでした。四谷のマンションにも足を運んだのですが、彼女の姿はありませんでした。私は、さらに不安になりました。新井江美が、私とのことを、警察にしゃべってしまうのではないか、と。でも、いくら探しても、新井江美とは、連絡が取れませんでした。そんなときに、ホテルでの告別式で、新井江美が殺されてしまったのです。誰が、何のために、新井江美を殺したのか、全く分かりません。妻の香里殺しについては、私には、いくつかの動機がある。それは、認めます。しかし、新井江美殺しについては、動機がありません」

「動機がないと、どうしていえるのかね？　今、君は、新井江美に、君との浮気について、警察に、ベラベラしゃべられては困る、それで、必死になって、彼女を探していたといったじゃないか？　つまり、新井江美殺しについても、君には、動機があることになるんじゃないのかね？　彼女の口を塞《ふさ》ぐという動機だよ」

尾西は、おびえたような表情で、

「そう思われても、しかたがないかもしれません。新井江美という女は、現実的な性格で、何かというと、私から金を巻き上げようとしていたのです。ですから、妻の香里が死んだことを知れば、間違いなく、私を脅すだろうと、思っていたんです」

「実際、新井江美から、君は、強請《ゆす》られていたのではないのかね？　浮気をバラされたくなかったら、金を寄越せ。そんな連絡が、新井江美から、あったんじゃないのかね？」

「いえ、それは、ありません」

尾西は、一千万円を用意しておけ、という脅迫状が届いたことは、十津川には話さなかった。自分が、ますます疑われると、思ったからである。

「新井江美とは、どこで知り合ったのかね？」

「六本木に、何軒か行きつけのクラブがあって、その中の一軒で、会った女ですよ。ファッションモデルということでしたが、華やかなところのない、地味な女で、常連客はついていなかったようですが、逆に、それが気に入ったんです。そして、自分の女にして、四谷のマンションに住まわせた」

「もう一つ、聞きたいのは、君の奥さんの香里さんについてだ。奥さんには、誰か、つき合っている男性がいるのではと、考えたことはなかったかね？」

尾西は、その質問に、なぜか、ビックリした顔になって、

「香里に、男がいたんですか？」

と、逆に、聞き返した。

「いたかどうかは、知らない。君が、それを、疑ったことはなかったか、と聞いているんだ」

「そんなことは、全く、考えませんでした。自分が、新井江美という女を囲っていて、その上、妻の香里を騙して、束《つか》の間《ま》の浮気を楽しんでいましたからね。妻の香里の男関係を疑う余裕なんて、全く、ありませんでした」

尾西が、いった。

彼の様子を見る限り、その話は、ウソではないらしい。そのことに、十津川は、驚い

た。

写真を見る限り、尾西香里は美人である。その上、ファッションデザイナーとしての、名声もあるし、莫大《ばくだい》な財産も、持っている。こんな女性と付き合っている男性がいたとしても、おかしくはない。いや、むしろ、いないほうがおかしい。

「それでは、新井江美の方の男性関係を疑ったことは、ないのかね？　自分以外に、男がいるんじゃないのかと」

「それも、考えませんでした。四谷のマンションの部屋代は、私が出してやっていたし、毎週月曜日に会っていましたから。彼女のほうだって、この関係を結構楽しんでいるはずだと、思っていました」

と、尾西が、いった。

十津川は、最後に、

「君が、妻の香里さんを殺した犯人かもしれないという疑いは、まだ消えていないんだ。君には、ちゃんとした、アリバイがないからね。だから、もし、アリバイを証明できるようになったら、すぐ、私に、電話しなさい。それまで、妻の香里さんを殺したという、直接的な証拠がないから、逮捕はしないが、容疑者の一人として、君を監視している。そのことを、頭にしっかり叩《たた》き込んで、何とか、自分でアリバイを証明したまえ」

尾西洋次を帰した後、十津川は、亀井に向かって、

「尾西洋次というのは、妙な男だね」

「奥さんをうまく騙《だま》し、浮気をして、得意だったようですが、逆に考えると、あの男は、妻の香里や、自分の女である新井江美の男性関係には、まったく思い至っていなかったんですね」

「時刻表を利用した、気ぜわしい浮気を楽しんで、妻の香里を、騙していた。尾西は、そのことで、得意になっていたんだよ。だから、妻の浮気なんて、考えたことがなかった。新井江美の場合も同じだ。自分がうまくやって、妻を騙している。その快感に酔っていると、逆に、自分が騙されているなんて、考えもしないものなんだな」

「尾西香里と、新井江美の男性関係を、調べてみる必要がありますね」

と、亀井が、いった。

5

新たな捜査方針が決まって、刑事たちは、尾西香里と新井江美、両者の男性関係を、重点的に調べることになった。

尾西香里についていえば、四月十五日の告別式に参列した人間の中に、香里と関係のあった男がいたのではないか、と考えて、その線に絞った。

四月五日、新大阪と新神戸の間を走っていた、下りの「こだま」の車中で、尾西香里は殺されている。その時間帯は、新大阪発十六時三十八分、新神戸着十六時五十三分である。その間、十五分。この間のアリバイを調べ、もしアリバイがなければ、容疑者の一人、ということになる。

告別式の参列者のうち、男性は、全部で百五人だった。その百五人を、徹底的に、調べることになった。

尾西香里と特に関係が深かった男性については、四月五日の午後四時三十八分から、四時五十三分までのアリバイを調べることになり、刑事たちが手分けして担当した。

新井江美についても、どんな性格の女性だったのか、そして、尾西洋次以外に親しい男性はいなかったのか、徹底的に調べることになった。こちらの捜査を担当することになった、捜査一課の日下《くさか》と西本《にしもと》の二人は、まず、新井江美の以前の仕事先を訪ねた。

地下鉄六本木駅の近くにある、小さなクラブ、店名は「愛」。ママ一人と、ホステス六人、バーテン一人の店である。新井江美は、この店に、勤めていたという。

西本と日下は、ママに会って、新井江美の話をきいた。

「江美ちゃんが、死んだことは、もちろん知っていますよ。テレビのニュースで聞いた時は、本当にビックリしたわ」

と、ママが、いった。

「ママさんは、尾西洋次さんのことも、知っていますか？」

西本が、きいた。

「ええ、よく知っていますよ」

「尾西洋次さんは、この店の、常連だったんですか？」

続けて、日下がきいた。

「いいえ、常連というほどは、多くはいらっしゃらなかったけど、時々、そうね、月に一回か、二回くらいかしら、一人で、お見えになっていましたよ。気がついたら、江美ちゃんといい仲になってたみたいで」

ママは、苦笑している。

「新井江美さんですが、どんな女性でしたか？」

と、日下が、きいた。

「そうね、一見すると、大人しそうだけど、気の強い女の子」

ママが、いった。

「それは、どういうことですか?」

と、西本が、きいた。

「そうねえ。あまり口数が多くなくて、自分のことを、話すよりも、相手の話を、聞くほうが好きだったみたいだから、お客さんには、好かれていましたよ。でも、私は、江美ちゃんという子は、本当は気が強くて、聞くよりも、自分の意見を、相手に押し付けるようなところがある。そんなふうに、見ていたの」

「それが、分かっていて、尾西洋次さんは、彼女を自分の女にして、囲ってしまったんですかね?」

「尾西さんが、江美ちゃんの、どこに惹《ひ》かれたのかは分からないけど、気がついた時には、尾西さんの、彼女になってたわ」

「新井江美さんが、尾西洋次さんの女になった後も、ママさんは、彼女と会って、話を聞いたりしていますか?」

「江美ちゃんの、四谷のマンションには行ったことはないけど、江美ちゃんのほうから、ここに遊びに来たことがあった。今、四谷のマンションに住んでいて、時々、尾西さんが遊びに来る。そんなことを、いっていたわね」

「そういう関係を、新井江美さんは、どう思っていたんですかね?」

「彼女は彼女で、結構楽しんでいたんじゃないかな？　何でも、尾西さんは、奥さんの目を盗んで、四谷のマンションに来ているんだけど、彼は気が小さくて、いつも、ビクビクしているって、笑いながら、そんなことをいっていたから」

「尾西洋次さんは、一週間に一回、月曜日に四谷に行って、新井江美さんと、時間を過ごしていたそうですが、彼女には、尾西さん以外に、付き合っている男性がいなかったんでしょうか？」

「そうね」

と、ママは、少し考えてから、

「ほかの男がいたかどうかは、知らないわね。でも、彼女って、現実的なところもあったから、尾西さん以外に、本命の男が、いたのかもしれないわね」

「それなら、尾西洋次さんの、彼女になって、四谷のマンションに囲われるようなことは、しないんじゃありませんか？」

西本が、いうと、ママは、また笑って、

「そんなことは、別に、考えてなかったんじゃないかしら？　だって、尾西洋次さんは、一週間に一回、月曜日にしか、マンションに来られないんでしょう？　それ以外の六日間は、全くの自由なんだから、別の好きな男と、付き合っていたかもしれないじゃないの」

と、いった。

6

「新井江美さんが、親しくつき合っていた女性は、いませんでしたか?」

日下が、そうきいたのは、新井江美がホテルのティールームで、背の高い女性と一緒にいたからである。

その女の似顔絵も用意してきていた。それを、ママに見せる。

「この女性、ご存じありませんか? 相当親しい女性ではないかと、思うのですが、新井江美さんの周りに、こういう女性は、いませんでしたか?」

西本が、きくと、

「そうね」

と、また、ママが、いった。

「少なくとも、ウチの店にはいないわよ。刑事さんだって、ここにいるホステスを見ればわかるでしょう? でも、一応、聞いてみるわ」

ママは、六人のホステスを集め、彼女たちに、似顔絵を見せた。西本が説明する。

「この似顔絵の女は、背が高くて、百七十センチ以上あるんですよ。今、日本の女性は、昔に比べて大きくなりましたが、百七十センチなら、かなり大きめな女性ということになるでしょう。皆さんの中に、この似顔絵の女性を見たという方はいませんか？　たぶん、その時には、新井江美さんも一緒だったと思うのですが」

「見たことはないけど」

と、三十代と思える、一人のホステスが、いった。

「ひょっとして、このひと、男性なんじゃないの？　男なら、身長百七十センチ以上というのは珍しくないもの」

「われわれも、男ではないかと考えたことがあります。今も、その可能性は消えていません」

と、日下が、いった。

「皆さんの中で、新井江美さんが住んでいた、四谷のマンションに行ったことのある人はいますか？」

今度は、西本が、きいた。

六人のホステスは、しばらく、考えていたが、その中の一人が、

「四谷のマンションには、行ったことはないけど、四谷を歩いていて、彼女に会ったことはあるわ」

と、いった。

「いつ頃ですか？」

「そうね。一カ月ぐらい前だったと思う。日曜日に、女友だちと、ＪＲの四ツ谷駅で待ち合わせをしていたら、偶然、江美ちゃんを見かけたの」

「それで、声を、かけたんですか？」

「ええ、かけました。友だちが、まだ来ていなかったので、友だちが来るまでの間、五、六分の間だったかな。江美ちゃんと話をしたわ」

「彼女と、どんなことを、話したんですか？」

「この辺に住んでいるとか、今、何をしてるとか、たしか、そんなことを、彼女が話していたのを覚えている」

「それで、彼女の様子はどうでしたか？」

「江美ちゃん、これから、待ち合わせなのよといって、すぐそばのカソリックの教会に向かって、歩いていったわ」

と、そのホステスが、いった。

西本が、首を傾《かし》げた。

「ちょっとおかしいな。もし、彼女が、尾西洋次と待ち合わせをするのなら、自宅マンションで待っていればいい。わざわざ、教会の前で待ち合わせなんて、相手が尾西洋次だったら、絶対にやらないと思うね」

「ということは、尾西との待ち合わせじゃなくて、別の男との待ち合わせだったんだ」

と、日下が、いった。

ママは、ニッコリ笑って、

「刑事さんも、なかなか、いいところを見ているわね。男のマンションに囲われているんなら、わざわざ別の場所で待ち合わせなんてしないわ。マンションで待っていればいいんだから」

「ママさんも、やはり、尾西洋次以外の男性との待ち合わせだと、思いますか？」

「当たり前じゃないの。私だって、ダンナが来る時には、マンションの中でじっと待っているし、別の男なら、別の場所で待つわよ」

西本が、さっきのホステスに、もう一度、曜日を確認した。

「ええ。先月の日曜日、女友だちと待ち合わせて、四谷のギャラリーに、その友だちの撮った写真を見に行った日だから、間違いないわ」

どうやら、新井江美には、尾西洋次以外に男がいたと考えて、いいだろう。

「あの有名なカソリックの教会、その前で、彼女が誰かと待ち合わせをしていた、間違いないですね？」

「ええ」

「しかし、教会の前での、待ち合わせというのは、珍しいんじゃないかな？」

と、西本が、日下に、いった。

「おかしいか？」

「教会に用事があるなら、教会の前で、待ち合わせというのは、よくあると思うが、教会には行かないのに、教会の前で待ち合わせるというのは、少し、変じゃないかな？　普通なら、近くにある喫茶店とか、ＪＲか地下鉄の駅で待ち合わせをすると思うんだ」

「しかし、その日、新井江美は、教会の前で待ち合わせをしたんだ」

「相手は、車に乗ってやって来ることになっていた。教会の前で新井江美を拾っていく。そういう待ち合わせだったんじゃないかな？　それなら、駅や喫茶店でなかったのも分かるんだが」

と、西本が、いった。

「新井江美さんと会ったのは、何時頃でしたか？」

日下が、ホステスに、きいた。

「たぶん、午後三時ちょっと前だったと、思うわ。私の待ち合わせが、三時だったから」

「三月の何日かは、覚えていませんか？」

「ごめんなさい。三月の半ばだったとは思うけど。ただ、日曜日で、このお店が休みだったことだけは覚えているんですけど」

と、ホステスが、いった。

7

そこまで分かっていれば、調べることは、さして難しいことではないだろう。

西本と日下の二人は、六本木のクラブ「愛」を後にすると、新井江美が住んでいた、四谷に向かった。

四谷見附の交差点近くには、ＪＲと地下鉄の駅がある。そのほか、教会など、有名な建物も多いから、最近は、多くの監視カメラが設置されているはずだ。

西本たちの予想は、当たった。教会の正面を映していた、一台の監視カメラがあったのである。

三月の日曜日、午後三時頃のカソリック教会の前。その映像を探して、監視カメラを管理する警備会社に、見せてもらうことになった。

第二日曜日の午後三時の映像を見ていた時、

「あ、いた！」

西本が、大声を出した。

たしかに、そこに新井江美の姿が映っていた。しきりに腕時計を見ているから、待ち合わせの時間を気にしているのだろう。

午後三時五、六分になって、一台の車が彼女の前に停まり、新井江美を拾って、走り去った。

車が映っているコマだけを、プリントしてもらい、二人は捜査本部に持って帰った。

早速、その写真を、なるべく大きく引き伸ばした。

車の色は白。ＢＭＷのスポーツタイプである。右ハンドルで、座席は二つ。幌《ほろ》を後ろに収納できる、オープンカーだ。

東京の品川ナンバーだが、その数字ははっきりとは読み取れなかった。

運転しているのは、帽子をかぶった男。サングラスをかけているので、顔立ちは、はっきりしない。

しかし、何となく中年であることはわかる。四十代後半といったところだろうか？

三月の第二日曜日、午後三時過ぎ。品川ナンバーの白のＢＭＷのスポーツタイプ。それに乗った四十代後半の男が、四谷のカソリック教会の前で待っていた新井江美を車に乗せて、どこかに、走り去った。

これが、その写真から、読み取れる全《すべ》てだった。

この時の新井江美の格好は、少し大きめのバッグを肩に掛け、ジーパンに、中ヒール。彼女もまた、帽子をかぶり、サングラスをかけている。ラフな印象で、銀座やパーティに行くという格好ではない。

とすれば、郊外へドライブにでも行ったのだろうか？

一方、尾西香里についても、一人の男の存在が、浮かび上がってきた。

木下正道《きのしたまさみち》、四十八歳。

木下もファッションデザイナーだったが、今では、それよりも服飾評論家としての名声のほうが高くなり、日本のファッション業界では、一つの権威になっている。

尾西香里が、まだ独身だった頃、この木下正道とのウワサが世間を騒がせたことがある。そのせいなのか、木下正道は、四十八歳の今も独身である。

さらにいえば、四月五日、月曜日の午後の木下のアリバイが、はっきりしていない。

捜査本部では、この木下正道と、ＢＭＷのスポーツカーで、新井江美をどこかに連れていった四十代後半の男、この二人を、今後、マークしていくことにした。

十津川と亀井の二人は、木下正道の麴町《こうじまち》のマンションを訪ねた。

木下は、いつもは東京に住んでいるが、京都にも古い家を一軒持っていて、そこにも時々、泊まりに行くことがあるという。

「京都にも家をお持ちとは。木下さんは、京都がお好きなんですね？」

十津川がきくと、木下は、大きくうなずいて、

「京都の、真ん中に中庭がある、町家造りの家が好きなんですよ。間口が狭くて長細く、中庭から、その家の中を風が吹き抜けていく。そういう昔の家の形が好きなんです」

と、いった。

しかし、十津川は、別の意味に取った。

というのは、尾西香里は、毎週月曜日に、東京からやって来て、大阪と神戸にある自分の店を回っている。

その時、利用する「のぞみ39号」は、もちろん、京都にも停まる。それを考えて、木下正道は、わざわざ京都にも、家を持ったのではないのか？

十津川は、そんなふうに考えてみた。

第四章　木下正道の女

1

十津川は、改めて、目の前にいる木下正道の顔を見た。

大きい顔である。そして、自信に満ち溢《あふ》れた顔でもある。おそらく、日本のファッションデザイン業界を、自分が仕切っているという思いが、木下の顔に、自信を与えているのだろう。

今、十津川が彼と会っている場所は、麴町の高級マンションの一室である。

木下正道は、京都にも家を持っている。西陣《にしじん》にある、町家造りの古民家を買い取って、それを改造した別宅という。

十津川は、その別宅が問題だと、考えていた。

「木下さんと、亡《な》くなった尾西香里さんとの間には、いわゆる、恋人のような関係があった、という話を聞いたのですが、これは、本当でしょうか？」

木下は、急に笑い出した。

「その話はよくきかれるんですが、彼女との間に、恋愛感情なんて、全くありません。本当ですよ。四十八歳の私が、まだ独身でいるのは、香里さんが好きで、今でも、彼女に未練があって、忘れられないからじゃないかと、勘繰られたこともあります。でも、それは、違いますね。私が今も独身なのは、結婚するのが、面倒くさいからですよ。結婚して、ひとりの女房に縛られるよりも、独身のまま、世の中の美しい女性たちと、自由に付き合っていたほうが、楽しいじゃないですか」

「本当に、それが楽しいんですか？」

十津川も、笑った。木下の話し方が、おかしかったからである。木下が続ける。

「だって、そうでしょう？　相手が独身の女性である限り、こちらも独身だったら、どんな付き合い方をしたって、非難されることはありません。でも、私が結婚していれば、独身の女性と付き合おうと、ご主人のいる女性と付き合おうと、どちらのケースでも、間違いなく、不倫だと非難されてしまう。女性の半数が未婚だとすれば、その彼女たちと自由に付き合えるのがいいか、それとも、女房ひとりに縛られて生きていくのがいいか——。絶対に、前者のほうがいいに、決まっているじゃありませんか？　そうでしょう？　それだけ、今後の人生が楽しいわけですから」

木下は、嬉《うれ》しそうな顔になっている。

「とにかく、尾西香里さんとは、全く交際の事実はなかった、ということですね？」

十津川が、きいた。

「もちろんですよ。私は、彼女のファッションデザインの才能は、一応評価しますし、尊重もしますよ。しかし、彼女はすでに、結婚しているんです。そういう女性とは、私はお付き合いをいたしません。後々、面倒なことになりますからね。とにかく、厄介なことが、大嫌いなんですよ」

「尾西香里さんは、東京の銀座に、自分がデザインした服を扱う店を構え、大阪と神戸にも、支店を出しています。そのことを、木下さんは、どう思われますか？」

「彼女は、実業家としても成功した。そういうことです」

「ファッションデザイナーとしても成功したし、三つの直営店のオーナーになって、実業家としても成功した、というわけですね？　そういう女性を、木下さんは、どう思われますか？」

「一言でいえば、頭のいい女性、それに尽きますね」

「えっ、それだけですか？」

「それだけではダメですか？　困りましたね」

木下は、また笑った。そして、

「どうも、警部さんは、私と、亡くなった尾西香里さんの間に、男と女の関係があると、決めつけていらっしゃるようだ。でも、さっきも、いったように、それは全くありませんよ。私は、服飾評論家として、あくまでも冷静な目で、彼女のことを見ていましたからね。ファッションデザイナーとしては、素晴らしいところもあったが、評価できない点もあった。むしろ、才能は、実業家のほうにあったんじゃないですか？　そう気づいた途端、デザイナーとしての彼女には、少しばかり失望したんですよ」

「どうして、失望したんですか？」

「正直にいうとね、私は、どうしても、デザイナーとしての才能の方を、重視してしまいますからね。いくら実業家として成功したとしても、私にとっては、何の魅力も感じられないんですよ。あくまでも、デザイナーとして素晴らしいかどうかを、見極めたいですからね。彼女のデザイナーとしての実力は、ほどほどのものだ、といったらいいのかな。だから、逆に言えば、実業家になったのは、賢明な選択だったんじゃありませんかね？」

「なかなか、厳しいご意見ですね」

「そうです。ファッションデザインの世界では、そう簡単には成功できません。厳しいものですよ」

「つまり、尾西香里さんは、実業家として成功した勝者ではあるが、ファッションデザイナーとしては、どこにでもいる平凡な才能である。木下さんは、そう見ていたわけですか」

「まあ、冷静に見れば、そんなところでしょうね。彼女は、実業家として成功し、資産家になった。しかし、私が見る限り、デザイナーとしては、大したことがなかった。彼女自身、おそらく、自分の限界に気づいていたんじゃないですかね？　そんな気がしますよ」

「木下さんは、尾西香里という女性には、デザイナーとしての興味は持てなくなった。ただ、実業家としては評価する、そういうことですね」

「まあ、そんなところです。デザインの才能がなければ、いくら金を儲《もう》けても、何の意味もありませんよ。こんなことをいうと、キザだと、思われるかもしれませんが、私は、これでも、芸術家の端くれですからね」

　と、木下が、いった。

「今日は、こうして東京でお会いしていますが、木下さんは、京都がお好きだとお聞きしました。向こうには、別宅をお持ちになっている。どのぐらいの頻度で、京都に行かれるんですか？」

「毎週続けていくこともあるし、仕事が忙しくて、何週間か、全く行かないこともあります。私は、昔から、気まぐれな人間でしてね」

「最近はどうですか？　ここ一カ月の間に、京都の別宅で過ごされたことはありますか？」

「今月というよりも、今年はほとんど、京都には、行っていないんですよ」

「そんなにお好きなのに、どうして、京都へ行かなかったのですか？　何か、理由があるのですか？」

十津川が、質問を続ける。

「もちろん、行きたい気持ちはあるんですよ。でも、今年は、仕事が急に増えてしまって、東京から、なかなか出られないんです」

木下は、笑って見せた。

2

「一つ、私のほうから、質問をしてもよろしいですか？」

亀井が、遠慮がちに、木下を見た。

「ええ、どうぞ。何でも聞いてください」

「木下さんの肩書は、ファッションデザイナーなんですか？　それとも、服飾評論家なんですか？」

あまりにも直截《ちょくせつ》な質問だったからか、木下は、また笑った。

「答えは、簡単ですよ。私は、ファッションデザイナーでもあり、また、服飾評論家でも、あります」

「なるほど。では、木下さんは、現在、どんな夢を、抱いていらっしゃるんですか？　世界的なファッションデザイナーになるとか、あるいは、服飾評論家として、日本のファッションデザイン業界に睨《にら》みを利《き》かす存在になるとか。ぜひ、聞かせていただけませんか？」

「夢といわれてもねえ。私は、もう、四十八歳ですよ。ファッションデザイン業界では、若くありません。この歳《とし》になると、若い時に持っていた野心も、なくなりました。それに、このファッションの世界というのは、妙な野心さえ持っていなければ、結構、楽しい、居心地のいい世界なんですよ。ですから、私は、今の人生をエンジョイしているだけで、十分なんです」

と、木下は、いった。

十津川が、腰を上げようとした時、木下の部屋の電話が鳴った。

木下は、

「ちょっと失礼」

といって、受話器を取った。

すでに話は十分に聞いたので、十津川は、亀井を促して、立ち上がった。

その足が、止まってしまったのは、木下が、受話器を持って話し始めた時に、少し狼《ろう》狽《ばい》した口調に、なったからだった。

「ああ、悪かった。すまん。いや、決して忘れたわけじゃない。大事な話だから、真剣に考えているよ。ただ、時間が、なかなか取れなくてね。でも、もう大丈夫だ。第一に考える。大丈夫、間違いなく成功するはずだ。二人でやれば、成功しないはずがないじゃないか？　ああ、成功は、約束されているようなもんだよ。あ、ちょっと待ってくれ。

今、お客さんが来ているので、後で、こちらから、電話する」

木下は、慌《あわ》てたように、電話を切った。

「では、これで失礼します」

と、十津川は、いい、軽く会釈《えしゃく》をしてから、部屋を出た。

マンションの外に出ると、十津川は、携帯を使って、西本刑事に連絡を取った。

「木下正道という男について、徹底的に調べ上げてほしい。これまでの経歴や交友関係、それから、木下は今、何か事業を立ち上げようとしているようなのだが、それが、どんな事業なのか、探ってほしいんだ。私は、これから、亀井刑事と一緒に、関西に行ってくる。その間に、できるだけ、調べておいてくれ」

3

十津川と亀井は、その足で、すぐに東京駅へ向かい、新大阪行きの「のぞみ」に乗った。

「行き先は、亡くなった尾西香里の、大阪の店ですか？」

亀井が、きく。

「ああ、そうだ。神戸の店のほうにも寄ってみたい。それから、もう一カ所は、京都だ」

と、十津川が、いった。

二人は、車内販売で駅弁を買い、少し遅めの昼食を、並んで食べ始めた。

亀井のほうが先に食べ終わり、お茶を飲みながら、

「警部は、あの男のことを、どう思われましたか？」

「これからの夢を聞いたら、木下は、もう若くない、というようなことを、いっただろう？」

「ええ、そういいましたね」

「あれは、心にもない言葉だね。彼は、間違いなく、野心家だよ」

十津川が、いうと、亀井は、

「やはり、警部も、そう思われましたか？」

「ああ。あの顔つきや、言葉の調子を聞いていれば、誰だって、木下正道という人間が、根っからの野心家だということが、分かるはずだ」

「私も、同感です」

「世界的なファッションデザイナーとして成功するか、それとも、服飾評論家として、

日本、あるいは、世界のファッションデザインの世界を、牛耳るか。そのくらいの野心は、必ず持っているはずだ」

「それを調べに、これから関西に行くわけですか？」

「いや、関西に行くのは、木下正道と尾西香里の関係を、もっと詳しく知りたいからだ」

と、十津川が、いった。

「警部は、尾西香里と木下正道の間には、いわゆる男と女の関係があったと、確信しているんですか？」

「毎週月曜日、尾西香里は、自分が作った大阪の店と、神戸の店を見に行くことにしていた。新大阪の一つ手前が、京都だ。その京都の西陣に、木下正道は、町家造りの古民家を改造した、別宅を持っている。こうなると、もともと噂《うわさ》のあった二人の間に、何かあると考えるのが、普通じゃないかね？」

と、いって、十津川は、笑った。

新大阪に着くと、二人はまっすぐ、尾西香里が社長をやっていた、大阪の店に向かった。香里が死んだ後も、営業は続けられ、形式的には、夫の尾西洋次が社長を引き継いでいる。店長も、前と同じ、菊地清美という女性がやっていた。

話を聞くため、店のそばにある喫茶店へ、菊地清美に来てもらった。

「店のほうは、どうですか？　社長の尾西香里さんが亡《な》くなっても、変わりはありませんか？」

そんなことから、十津川が、質問した。

「店員はみな、ショックを受けていたようでしたが、店のほうは、何も変わりません。売上もほとんど同じです。常連のお客様が、多いからだと思いますけど」

と、清美が、いった。

「その、亡くなった香里さんについて、正直に答えていただきたいことが、あるんです。もちろん、話されたことは、内密にしておきます」

「どんなことでしょうか？」

「毎週月曜日、尾西香里さんは、新幹線に乗って、大阪の店と神戸の店を見て回ったそうですね？　でも、店はあなたに任せて、実際は、香里さんが来ない時も、あったんじゃありませんか？」

十津川が、きくと、清美は、真剣な顔になって、

「表向きは、毎週月曜日、社長が必ず大阪に来て、この店に寄っていたということに、なっていますけど、本当は、来ない日のほうが、多かったんです。別に、社長が来なく

ても、こちらの店は、ちゃんとやっていましたし、神戸の店も、おそらく、同じじゃないかと、思いますわ」

「やっぱり、そうだったんですか。それは、亡くなった香里さんが、あなたのことを信用していたからですよ」

十津川が、誉《ほ》め上げると、清美に笑顔が戻った。

「あなたは、神戸の店長、渡部真理絵さんとも、親しいですか？」

十津川が、きいた。

「ええ、東京のお店で一緒に働いていたことがあるので、彼女とは仲良しですけど」

「あなたから、彼女に電話をして、聞いてみてくれませんかね？　毎週月曜日、社長が、神戸の店に行くことになっていたが、本当はどうなのか？　正確なところを知りたいんですよ」

清美は、すぐ携帯を取り出すと、神戸の店に電話を入れた。

神戸の店の店長、渡部真理絵と二、三分話をしていたが、

「やっぱり、向こうも、こちらと、同じでした。社長は、ほとんど、顔を出さなかったそうですよ。大体は、朝のうちに電話をしてきて、渡部さんが、うまく行っていますと答えると、よろしくねといって、それで終わりだったそうです」

「やっぱり、そうか。もう一つ、あなたに聞きたいことが、あるんです。さっき、店の前を通ったら、入口のところに、香里さんのデザインしたドレスを着たモデルの、等身大の写真が飾ってありました。そこに、服飾評論家として有名な、木下正道さんの賞賛のメッセージとサインが書かれていましたが」

「ええ、あります」

「あれは、いつから、あそこに飾ってあるんですか？」

「こちらの店が、開店した時からです」

「あそこにサインをした木下正道さんは、店に来たことが、ありますか？」

「いいえ、私が知っている限り、木下先生が、こちらの店に、お見えになったことはありません」

「あのサインについて、香里さんは、何か、いっていませんでしたか？」

「一度、聞いたことが、あるんですよ。社長は、木下先生と親しいんですかって。そうしたら、木下先生とは、別にこれといった付き合いもないんだけど、それでもこうして、写真に誉め言葉とサインをくださったのよ。だから、なおさら、ありがたいのって、おっしゃってました」

「つまり、香里さんは、宣伝のために、木下正道のサインをもらった、ということにな

ります ね ?」

「木下先生は、日本でトップの服飾評論家ですからね。その人が、サイン入りで誉めているんだから、間違いなく、店の宣伝になっていました」

と、清美が、いった。

たぶん、同じものが、神戸の店にも飾ってあるのだろう。

十津川は、その言葉に満足した。

4

十津川は亀井と二人、今度は、新幹線で京都に向かった。

わざと「こだま」に乗ったのだが、一駅しかないので、それでも、十五分で着いてしまう。

木下正道の京都の別宅は、聞いていた通り、西陣にあった。古民家の一軒を買い取って、改造した家である。

そこに行ってみると、同じような造りの古民家が、ズラリと並んでいる。

昔は、その家々から、機《はた》を織る音が聞こえていたのだろう。だが今は、不景気のせいか、機を織る音は、断続的にしか聞こえてこない。

京都は、景観の規制が厳しいので、木下正道の別宅も、中は自由に改造してあっても、外観は全く変わっていない。

灯りがついていないから、もちろん、今日も、木下正道は、京都に来ていないようだった。

十津川たちは、西陣にある派出所に寄って、そこにいた中年の巡査長から、話を聞くことにした。

「木下正道さんのお宅ですね。ええ、あの家のことなら、よく知っていますよ。時々、週刊誌なんかに載ったり、テレビで紹介されたりしますから。古民家を買って、中を改修して、京都の別宅と称していることは、この辺でも有名ですから」

「木下正道は、あの家で、いつも一人でいるのかね？」

「それは、私には、よく分かりませんが、女性の姿を、見たという人もいます」

「その女性が、京都の人間か、それとも、東京の人間か、そういうことは、分かっているかな？」

「いいえ、全く分かりません。個人のプライバシーの問題になりますので、そこまでは調べていません――」

と、巡査長は、いった。

「君は、警邏《けいら》か何かで、あの家に、行ったことがあるのか？」

「今年になってからですが、あの町内で、二回ほど、空き巣の被害が連続してあったので、木下さんのお宅にも事情を、聞きに行ったことがあります。木下正道さんには、その時にお会いして、話を聞きました」

「実際に、木下に会ったのか？」

「はい、そうです。それで、何か盗《と》られたものがないかどうかを、お聞きしました」

「それは、いつ頃のことかね？」

「たしか、正月と、三月の二回です」

「犯人は捕まったのか？」

「残念ながら、まだ捕まっておりません」

「その時、木下正道の家にも、空き巣は入ったのかね？」

「あの辺りが、軒並みやられているので、木下さんの家にも、空き巣が入ったに違いない、そう思って、訪ねていきました。でも、何も盗まれたものはない、という答えでした」

「君が、木下正道の家に行ったのは、正確には、今年の、何月何日なんだ？」

十津川が、きくと、

「ちょっと、待っていただけませんか？　今、日誌を見てみますから」

中年の巡査長は、奥のキャビネットから、業務日誌を取り出して、ページを繰っていたが、

「ええと、ああ、分かりました。今年の一月十八日と、三月八日ですね。両日とも、木下邸に行き、空き巣について話を聞くと、書いてあります」

「そうか、二回行ったんだな？」

「その通りです」

「もう一度確認するが、二回とも、木下正道は、家にいたんだね？」

「そうです。二度とも、お宅にいらっしゃいました。電話で確認してから行きました」

「その時、家には、女性もいたんじゃないのかね？」

「そういえば、姿は見ませんでしたが、奥から、女性の声が聞こえましたね」

「それは、二回ともかね？」

「ええ、そうです。二回ともです」

「訪ねた時間は、何時ぐらいだった？　同じ時間に訪ねていったのか？」

「木下さんは芸術家で、午前中は、ほとんど寝ていらっしゃるというので、二回とも、

たしか、夕方に伺っています。日誌にも、訪ねた時間は、十七時四十分と十七時二十分となっていますから」

「あの周辺だが、空き家となっている家は、ほかにも、あるのかね？」

十津川が、きいた。

「いえ、あの辺りでは、今のところ、空き家になっている家はありません。ただ一軒あった空き家を、木下正道さんが買い上げて、現在、別宅として使っているのです」

「君が訪ねた時、二回とも、家の奥から女性の声がしたと、さっき、いったね？ 私たちは、何とかして、その女性の身元や顔立ちなどを知りたいんだ。東京で起きた殺人事件の参考にしたいんだよ。だから、木下正道の家の両隣りや、あるいは、近くの家の人たちに、君が会って、その女性のことを知っている人がいたならば、彼女の身元を調べ、似顔絵を作ってもらいたい」

と、十津川は、中年の巡査長に、いった。

「木下正道さんも、あの辺りの住人とは、普段から、仲良くやっているようですから、おそらく、その女性のことも、知られていると思うのです。ですから、何とか見た住人を探し出して、身元の確認と似顔絵の作成をやってみます。できたら、必ず電話します」

巡査長は、約束した。

すでに周囲が暗くなっているので、この日は、河原町三条のホテルに、泊まることにした。もう一カ所、京都で行きたいところがあったからである。

5

翌日、ホテルで朝食を済ませると、今度は、木下正道に西陣の古民家を斡旋《あっせん》した、不動産屋を訪ねた。

西陣の中にある、野中不動産という、小さな店だった。店主の野中は、

「最近、京都市内や、あるいは、大原の古民家を買って、改修して住もうという人が、増えてきたんですよ。それで、私どもの間でも、古民家を斡旋するのは、いい商売になってきました」

と、いい、

「木下正道さんに、あの古民家を斡旋したのは、たしかに私どもですよ。間違いありません」

「木下正道さんが、こちらの店に来たのは、いつ頃ですか？」

と、十津川が、聞いた。

「たしか、去年の、九月頃だったんじゃなかったかと思います」

「その時、木下さんは、一人で見えたのですか？」

「ええ、お一人でしたよ。自分は京都が好きで、よく来るのだが、そのたびに、ホテルに泊まるのは飽きてしまった。それで、西陣辺りの古民家が売りに出されていたら、そこに住みたいと思っている、といわれたのです。ちょうど一軒だけ、売りに出ていた古民家があったので、すぐ、木下さんにご紹介しました」

「去年の、九月何日ですか？」

「九月の十四日です」

「その時、木下さんは、本当に一人で来たんですか？　普通、別宅を持つというと、女性の存在を想像してしまうのですが、本当にその時、木下さんは、一人で来たんですね？」

「ええ、そうです。でも、通りの向こうに車が一台、停まっていましてね。あれは、レンタカーでした。その中から、女性が、こちらを見ていたんです。もしかすると、あの女性は、木下さんのお連れの方だったかもしれませんね」

「その女性のことは、詳しく分かりませんか？」

「何しろ、通りの向こうで、停めてあった車の中にいた女性ですからね。三十代ぐらいの女性ではないかと思うのですが、詳しいことは、何も分かりません」

「今、レンタカーと、いわれましたね？」

「ええ、いいましたが」

「どうして、レンタカーだと、思ったのですか？」

十津川が、きくと、野中は、笑いながら、

「実は、私の友だちが、京都市内でレンタカーの会社をやっているんですが、その会社の車だと思いますね。車には全部、舞妓《まいこ》をデザインした、マークがついているんですよ。そんなマークをつけた車を走らせているのは、私の友人のレンタカー会社だけですからね」

「その車種は、分かりますか？」

「たしか、トヨタのクラウンでしたね」

と、野中が、いった。

十津川と亀井は、不動産屋が教えてくれたレンタカー会社の、営業所に行ってみることにした。

六十台の車を持っている、というから、京都では、中堅のレンタカー会社かもしれない。

十津川は、不動産屋から聞いたことを、話してみた。

「今、西陣の野中不動産に行って、話を聞いてきたんです。去年の九月十四日、東京の木下正道というファッションデザイナーが、西陣の古民家を改修して住みたいというので、仲介したと、教えてくれました。木下は一人で来たが、通りの向こうに、お宅のレンタカーが停まっていて、その車に乗っていた女性が、不動産屋のほうを見ていたらしいんです。おそらく一緒に来たのだろうと、いっているんですが、去年の九月十四日、東京の木下正道という人が、車を借りに来ませんでしたか？」

と、十津川は、きいてみた。

所長が業務日誌を調べてくれると、間違いなく、去年の九月十四日のところに、東京・麴町のマンションに住む、木下正道の名前があった。時刻は、十七時四十分となっている。

営業所長は、時々テレビに出る、木下正道の顔を覚えていた。

たしかに、この日、木下正道は、女性と一緒に来て、トヨタのクラウンを借りていったが、女性の顔は、よく覚えていないという。

女性についての手がかりがなく、十津川と亀井は、少しがっかりしたが、木下正道は九月十四日、トヨタのクラウンを、一日だけではなくて、三日間借りていた。それで、十津川は、気を取り直した。

この時点ではまだ、木下は、西陣に、京都の別宅を持ってはいなかった。この日に買うことを決めて、一カ月くらいかけて改修したのである。

ということは、木下正道は三日間、京都のホテルか、旅館に泊まっていたと、考えるのが自然だろう。

木下が泊まったホテルや旅館を調べてみれば、一緒にいた女性が分かるかもしれない。亀井と二人だけで、京都市内の全《すべ》てのホテルや旅館を調べ尽くすのは無理なので、十津川は、京都府警の応援を頼むことにした。

時間がかかったものの、何とか、去年の九月十四日から十六日までの三日間、木下正道が泊まっていたホテルが判明した。京都でも北のほうにある、グランドホテル京都だった。

木下正道は、三日間、ツインの部屋に一人で泊まっていた。

十津川たちは、そのホテルに行き、フロントで話を聞くことにした。

三日間、一人でツインルームを借りる。もちろん、そういう客が、いないことはないだろう。

だが、先に一人でツインルームにチェックインし、後から女性が来るという可能性もなくはない。

そこで、十津川は、フロント係に、ルームサービスの女性を紹介してもらった。

五十歳くらいの女性である。

九月十四日から三日間、木下正道が泊まったのは、三五〇六号室である。十四日の夜の七時すぎ、木下正道が泊まった三五〇六号室に、注文の品を運んだというルームサービスの女性が、その時のことを、十津川に教えてくれた。

「ええ、木下さんはテレビでよくお顔を見る有名人なので、覚えています。九月十四日の夜の六時半頃でした。ルームサービスに電話がかかってきて、上等の赤ワインとパンとチーズ、それから果物をすぐ頼むといわれ、七時すぎにお持ちしました」

と、ルームサービスの女性が、いった。

「その時、三五〇六号室には、木下正道さんしかいませんでしたか？」

と、十津川が、聞いた。

「顔を出されたのは、中年の男の方でした。私、一目見て、すぐに木下正道さんだと分かりました。私、ファッションデザインに興味があって、昔、学校にも通っていたんです。木下さんの顔は、よく知っていました。あれは間違いなく、デザイナーの木下さんですよ」

「その時、部屋の中に、女性の姿を見ませんでしたか？」

「いいえ、女性は見ませんでしたけど、シャワーの音が聞こえていましたから、ああ、お連れ様は、今、シャワーを浴びているんだと、そう思いました」

「しかし、その女性の顔は、見ていないんですね？」

「はい、見ていません」

「木下正道さんが、ルームサービスで、ワインやチーズなどを注文したのは、九月十四日だけですか？」

十津川が、きくと、ルームサービスの女性は、

「次の日の十五日にも、十六日にも、ルームサービスの注文はありましたけど、今度は、シャンパンとキャビア、フランスパン、それに、ぶどうを注文されました」

「それも、毎日、あなたが運んだんですね？」

「はい。十五日と十六日の夜、七時頃にお持ちしました」

「その時も、女性は、いたんですか？」

「顔は見ませんけど、食べ物は二人分でしたから、誰かがいたことは、間違いないと思います」

「十四日と、十五日から十六日とでは、注文したものが、微妙に違いますね」

「ええ。別の女性が、いたのかもしれません」

と、いって、ルームサービスの女性は、ニッと笑った。

6

十津川と亀井は、京都で、一つの収穫を得て、東京に戻った。

東京では、西本と日下の二人が、木下正道について調査したことを、帰京した十津川に、報告した。

「木下正道は、東京都文京区の平凡なサラリーマンの家庭に生まれています。一人っ子で、小中学校と絵がうまく、中学校の時のコンテストでは優勝しています。その後、木下正道は、服飾専門学校のデザイン科で勉強するようになりました。ここも優秀な成績で卒業した木下は、彼の才能を認めた資産家が資金を出して、フランスのパリに留学し、ファッションデザインの勉強を始めました。興味があるのは、この頃から木下正道には、二つの性癖があったことです。一つは権力志向、もう一つは、女好きだということです。フランスでは勉強の傍ら、フランス人の無名のモデルと関係を持ちましたが、この女性とは、一年ほどで別れています。二十八歳の時、パリ帰りの新進ファッションデザイナーとして、木下正道は、日本に戻ってきました。普通、新進のファッションデザイナーは、毎年開かれるコンテストに応募して、そこで、優秀な成績を収めて、次第に名前を揚げていくものですが、木下正道の場合は、そうした方法は取りませんでした」

「どんな方法を取ったんだ？」

「当時、Ｆテックスという大きな会社がありました。今もありますが、今から二十年前には、現在よりももっと巨大な、日本一の繊維会社でした。会長は、七十歳の服部久恵《はっとりひさえ》という女性でした。パリから帰ってきたばかりの木下正道は、いきなり、服部久恵を訪ねていったのです」

西本が、そういうと、横にいた日下が、

「これが、二十年前、二十八歳の時の木下正道の写真です」

と、いって、一枚の写真を、十津川に渡した。

十津川は、

「なかなかの、美男子じゃないか」

「ええ、かなりの二枚目でしたよ。七十歳のＦテックスの会長、服部久恵は、フランス好き、中でも、パリが好きな女性でしたから、パリ帰りの新進デザイナー、木下正道が気に入ってしまった。そして、木下正道に勧められるままに、Fテックスの中に、デザインの研究所を作ってしまったのです。そして、その研究所の所長に、木下正道を、据えた。木下正道は、Fテックスという巨大な後ろ盾を得て、たちまち名前を揚げていきます。パリから持ってきた最新のデザインと、Fテックスの力で、高級ドレスを大量生産したんです。その時、木下正道が作ったFテックスのデザイン研究所に、当時、独身だった尾西香里、その時は旧姓の原田《はらだ》香里ですが、彼女が、研究所に入ってきました。女好きの木下正道と、原田香里は、たちまち出来てしまったのではないかと思われます。その後、木下正道のスポンサーになっていた服部久恵が亡《な》くなり、それと同時に、Fテックスが、ファッションデザインの世界から撤退してしまうのです。当然、木下正道も後ろ盾を失って、一時的に失意のどん底に落とされます。当時、日本のファッションデザイン界を牛耳っていたのは、宇野麻美《うのあさみ》という、六十五歳の女性です。そこで、木下正道は、この宇野麻美に目をつけて、取り入っていきます。当時、宇野麻美は、未亡人でした。週刊誌の中には、『六十五歳の宇野麻美に、若い恋人が出現』と、木下正道のことを、書いたところもありました。ここでは、Fテックスの時のような資産形成はできませんでしたが、宇野麻美と付き合うことによって、日本のファッションデザイン界に、一つの地位を築き上げていったのです。この頃から、木下正道は、デザイナーとして活動する一方で、服飾評論家としての力をつけてきたのです。宇野麻美が亡くなった後、木下正道は、彼女に代わって、日本のファッションデザイン界のドン、のような地位に就いたのですが、ここに来て、大きな力とはならなくなりました。若い、新しい才能が、ファッションデザイン界に次々と台頭してきたからです。今も業界のドンと呼ばれてはいますが、木下正道のデザインは、少しばかり古めかしいといわれるようになっています」

西本刑事が、そこまでしゃべり、続けて、日下刑事が、報告した。

「木下正道は、現在四十八歳です。何かというと、自分はもう歳を取ってしまったので、新しいファッションデザイン界には、何の力も持っていません、といったようなことをいっていますが、彼を知る何人かの人に会って話を聞くと、木下正道は、今でも野心満々で、何とかして、名誉と金を手に入れようと考えているようです。木下正道は、今、二つの野心を持っているといわれています。一つは、ユニクロのような世界的な大会社を立ち上げることです。もちろん、その社長は、自分自身です。もう一つは、名誉です。木下正道がデザインしたドレスを、世界中のセレブに着せたい。こちらの願望も、もちろん、木下正道一人では、どうにもなりません。それ相応の、力のあるスポンサーが必要です。彼は、その二つの道を成功させるために、懸命にスポンサーを探しているところではないのかと、彼の周りの人間は、みないっています。その二つの野心、そのためのスポンサーとして、Ｆテックスとか、宇野麻美のケースと同じように、力のある女性を探しながら、チャンスをうかがっているのではないでしょうか。もちろん、その間にも、木下正道は、女遊びも止《や》めてはいない。皆さん、そういっています。その遊びの相手が、先日亡くなった尾西香里ではないか？　その点でも、木下正道をよく知る人たちの意見は、一致しています」

「今、木下正道は、二つの野心を持って、女性のスポンサーを探している。そういったね？」

「はい、そうです」

「そのスポンサーについて、具体的な名前は、出ていないのか？」

と、十津川が、きいた。

「まだ名前は、出ていませんが、日本は、狭い国です。力のある女性は、そんなに多くいるわけではありませんから、名前は自然に浮かんでくると思います」

と、日下刑事が、いった。

7

その日、捜査会議が開かれた。

その会議の時、十津川が、一つの推理を話した。

「ここに来て、極めて、面白い事態というか、興味深いことがわかってきました。尾西香里の夫の尾西洋次は、毎週月曜日に、東京駅まで、大阪に行く妻の香里を送っていき、その後、彼女が乗った新幹線『のぞみ』が新大阪に着くまでの間に、少しばかりケチな浮気を、楽しんでいました。尾西洋次は、新井江美という女性と、束《つか》の間《ま》の浮気を楽しみ、妻を騙《だま》してやったということで、得意になっていたわけです。ところが、その妻の尾西香里のほうも、実は毎週月曜日、新幹線で関西に行く時に、その時間を利用して、木下正道という男との浮気を、楽しんでいたらしいということが、分かってきました。夫婦二人して、うまく妻を騙してやった、夫を騙してやった、と思いながら、お互いに浮気を楽しんでいたわけです。そのまま何事もなく続いていれば、夫婦で、互いに小さな浮気を楽しんで、それが、しばらくは続いたと思われるのですが、尾西香里のほうが、浮気の途中で、何者かに殺されてしまいました。この二つの小さな浮気を突き詰めていけば、犯人と、なぜ、尾西香里を殺したのかという動機の二つが、自然に浮かび上がってくるものと、私は、確信しています」

「夫の尾西洋次が、妻の香里を誤魔化して、毎週月曜日に浮気を楽しんでいたことは、はっきりしているが、妻の香里の浮気の方は、どうなんだ?」

と三上刑事部長が、きいた。

「京都に行き、香里の浮気の相手とされる木下正道について調べたところ、去年の九月十四日、今年の一月十八日、そして、三月八日に、彼は、京都を訪ねていた。そして、この三回とも、女性と一緒だったこともわかりましたが、この三日とも、月曜日なのです。それに、三日とも、十七時すぎに、木下正道は、香里と思われる女性と、京都で会っているのです。月曜日に、十三時三十分、東京発の『のぞみ39号』に乗り、大阪と神戸の自分の店を回る、ということにして、香里は、京都で降り、木下正道と会っていたわけです。京都着は、十五時五十一分ですから、十七時すぎに、木下正道と一緒にいても、おかしくはないのです」

「毎週月曜日、香里と木下正道は京都で会って、浮気を楽しんでいたんだな」

三上刑事部長がいうと、十津川は、

「木下正道は、京都で香里と月曜日の浮気を楽しんでいたのは間違いありませんが、別の女にも会っているんです」

「それは間違いないのか」

「去年の九月十四日月曜日に、木下正道は、まだ別宅がないので、京都のホテルに香里と思われる女と泊まっています。しかし、香里は、浮気がばれると困るので、その日のうちに、東京に帰っています。ところが、木下正道は、同じホテルに、十五日、十六日も、女と泊まっているのです」

「別の女というのは、間違いないのか？」

「私は、間違いないと思います」

「誰か、証人はいるのか？」

「おりません」

「いない？　それで、どうして別の女とわかるんだ？」

「去年の九月十四日から十六日までですが、ホテルで十四日には、木下正道は、ルームサービスで、夜、二人分のワイン、チーズ、果物を注文しています。こちらで調べたところ、尾西香里はワイン好きだとわかりました。ところが、十五日、十六日には、木下正道は、ルームサービスで、今度は、シャンパン、キャビア、フランスパンを、これも二人分注文しているのです。ところが、香里は、ワイン好きですが、シャンパンは嫌いなのです。キャビアもです」

と、十津川がいった。

「そうすると、今度は、シャンパンと、キャビアの好きな女が、どこの誰か、はっきりさせる必要があるな」

と、三上刑事部長が、いった。

第五章　二人の容疑者

1

問題は、木下正道の女である。その存在が明らかになれば、捜査は、大きく進展することになるだろう。

木下正道に、尾西香里以外にも女がいたことは、間違いない。京都の西陣に古い家を買い、それを改造して、京都の別宅と称し、その家で、尾西香里以外の女とも、楽しい時間を過ごしてきた。しかし、それが、どこの誰なのかが、なかなか、分かってこない。

さらに、木下正道には、敵が多かった。彼は、日本のファッションデザイン界の、カリスマともいえる存在である。だから、容赦なく、他人を批判する。そのこわもての態度と、歯に衣《きぬ》着せぬ物言いとが、人気の秘密でもあるのだが、当然、そのことで、敵を作ってしまうことも多かった。

十津川は、偶然、自宅でテレビを見ていて、それを実感する場面を目撃した。

日本国内の、ある映画祭の中継だった。十津川もよく知っている俳優たちが、それぞれ着飾って、出席していた。

この一年間に、日本で作られた映画の中から、作品賞、監督賞、シナリオ賞と続き、主演男優賞、助演男優賞、主演女優賞、助演女優賞が発表されていく。

それが一通り終わると、今度は、番組の中で、俳優たちのファッションに対して、批評が始まった。

一人一人のファッションに点数をつけ、遠慮のない批評をするのは、三十代半ばの少し背の高い女性だった。時々、テレビで見る顔なのだが、十津川は、名前を知らなかった。

「この女性は、誰だい？」

十津川が、そばで見ている、妻の直子《なおこ》にきくと、

「姫野理香《ひめのりか》さん。日本のファッションリーダーの一人よ」

と、教えてくれた。

若手のアナウンサーが、女優がまとっているドレスについて、姫野理香に聞くと、やたらに、辛口の批評が返ってくる。

主演女優賞を貰《もら》った、大女優に対しても、容赦はなかった。

「彼女は、常に、自分を大女優に見せようと思っているのかもしれないけど、ファッションのほうは、はっきりいって、全くダメね。まるで、チンドン屋よ。もう少しシックにしたほうが、かえって輝いて見えるのに。もしかしたら、頭が悪いのかしらね」

と、こんな感じである。

「ずいぶん遠慮がないね」

と、十津川がいうと、直子は、

「そうなの。彼女は、それで人気があるのよ。相手が、どんなに有名で偉い人でも、平気で酷評するから」

そのうちに、十津川は、あることに気がついた。

司会役のアナウンサーが、一人の若手女優のファッションについて、

「実は、この女優さんのファッションセンスについて、木下正道さんが、ベタぼめなんですよ。日本の女優さんというのは、往々にして、ファッションセンスがないものだけど、この人だけは別だと。ドレスも自分でデザインしているし、この人ぐらい、感性の鋭い女優さんはいないと、そういっているんです。姫野さんは、どう思いますか？」

と、聞いた時である。

姫野理香が、急に、怖い顔になって、

「へェー、木下さんが、この女優さんを誉《ほ》めたの？」

「ダメですか？」

「ダメどころか、ファッションセンスなんて、全くないわ。ゼロね。ドレスを、自分でデザインするんですって？　まあ、ご勝手に、といいたいところだけど、全くセンスがないのに、自分勝手にデザインして、それで感性が鋭いなんて思っているんだったら、この人バカよ。本当のバカ」

「しかし、あの木下さんが、誉めているんですけど」

「木下さんのセンスは、もう古くなっているのよ。昔は、木下さんも、なかなかのいいセンスの持ち主だったんだけど、最近は、全然ダメね。時代遅れというか、もう終わっているわ。この女優さんが、アメリカの映画祭に行った時、向こうのデザイナーたちが、彼女のファッションを見て、何といったか知ってる？　どうしてここに子供がいるの、っていったのよ。彼女の着ていた服が、まるで、子供の服みたいだったからよ。そういうことに、この女優さんは気づいてないし、木下さんにも、分かっていないのよ。大人のファッションセンスが、どういうものか、二人は、全く理解していない。いやになっちゃうわ」

姫野理香が、吐き捨てる。

次の場面では、木下正道がデザインしたというドレスを着た、一人の女優が映し出された。どうやら、司会のアナウンサーは、そのドレスについて、姫野理香がどう批評するのか、楽しみにしている節《ふし》があった。

アナウンサーが、

「今、この女優さんの着ているドレスは、木下正道さんが、わざわざデザインしたものなんですよ。何でも、この女優さんは、木下さんのことを尊敬していて、こういうパーティの時に、どうしても、彼のデザインした服を着て、出席したかったらしいんです。一年越しで頼んでいて、やっと今日、それが実現した。どうですか、このドレスは？やはり、木下さんらしく、華やかで、オシャレじゃありませんか？」

と、いうと、姫野理香は、待ってましたとばかりに、

「だから、何度もいっているでしょう？　木下さんは、たしかに若い頃は、それなりのセンスを持ったデザイナーだったわ。でも、ここ五、六年の作品は、どうしようもない。この女優さん、顔は可愛《かわい》いし、スタイルだって悪くないのに、どうして、あんな古臭いセンスの持ち主の木下さんなんかに、ドレスのデザインを頼んだりするのかしらね。今度会ったら、木下さんにだけは、頼まないほうがいいって、そういってあげなさいよ。

自分が損をするだけだからって」
　そんな姫野理香のコメントを聞いていて、十津川は、つい笑ってしまった。
「テレビを見ていると、大変な対抗心だね。まるで、木下正道を仇《かたき》のようにいってい
る」
　と、十津川がいうと、直子は、
「今の、日本のファッション界では、木下正道さんと、この姫野理香さんが双璧《そうへき》だから、
どっちがナンバーワンになるか、興味を持って、見ている人がたくさんいるのよ。当人
同士は、相手に負けまいと、必死なんでしょうね。私なんかは、ただ単に、面白いと思
うだけなんだけど」
「しかし、姫野理香は女性だろう？　同性のライバルならば、競争心が強くても、おか
しくはないが、普通、男性と女性の間では、こんなに激しく対抗心を燃やすことは、な
かなかないんじゃないのかな？」
　十津川が、そういうと、今度は、直子が笑って、
「姫野理香は、本当は、男性なのよ。知らなかった？」
「男？　本当か？」
「ええ、誰もが、知っているわ。知らないのは、あなただけ」

と、いって、直子は、また笑った。

直子によれば、姫野理香は、最初から女装して、ファッションデザインの世界に登場したらしい。初めは、ゲテモノ扱いされたが、今では、木下正道と人気を二分するような、有名ファッションデザイナーになっているという。

どう見ても、女性にしか見えない姫野理香が、直子に、実は男性だと教えられたこともあり、この後、十津川は、姫野理香というデザイナーが、気になるようになった。新聞のテレビ欄を見て、彼女の名前があると、その番組を、必ずチェックすることにした。

直子がいっていたように、姫野理香は、いつも女装である。それも、ファッションデザイナーらしく、テレビに出るときは、毎回違った服装をしていた。そのたびに、まるで違った女性に見えるのは、十津川が男だからかも知れない。

十津川は、木下正道のライバル、姫野理香について、ファッション界に詳しい、浅井という記者に会って、話を聞いてみることにした。浅井は、「週刊ファッション」という専門雑誌の記者をしている、三十代の男である。

浅井とは、新井江美が殺されたホテルの、ロビーで会った。

「先日、姫野理香さんという人をテレビで見たんですよ。実は、まったく知らなかったのですが、日本のファッションデザインの世界では、木下正道さんと、人気を二分するような、有名なデザイナーで、しかも、実は男性というじゃないですか。彼女、というか、彼の経歴が、どういうものか、ご存じでしたら、詳しく教えてもらえませんか？」

と、十津川が、いった。

「姫野理香さんは、本名を姫野修《おさむ》といいます。年齢は三十八歳。生まれたのは大阪で、高校を卒業した後ぐらいから、ファッションの世界に入って、女装するようになったんですよ」

「テレビ番組では、盛んに、木下正道さんの悪口をいっていましたが、昔から二人は、仲が悪かったのですか？」

「いや、最初は、あんなふうでは、ありませんでしたよ。同じ業界で、木下正道さんのほうが、ずっと先輩ですし、有名でしたからね。一時は、姫野理香さんが、まるで木下さんの弟子のような感じで、一緒に仕事をしていた時期もあるのです。しかし、だんだん、姫野理香さんが有名になってきてね。たしかに、木下正道さんは、ファッションデザイナーとしての力はあるし、はっきりした理論を持っていますよ。でも、今は、テレビの時代じゃないですか？　あのいかつくて、親しみにくい顔は、テレビ向きじゃないんですよ。その点、姫野理香さんは、今はやりの女装ですし、かなりの美人に見えますからね。テレビ的なんですよ。ビジュアル的といったらいいのかな？　そのうちに、テレビに出る回数が、姫野理香さんのほうが、多くなってしまいました。そうなると、人気はさらに出てきて、当然ながら、木下正道さんのほうは面白くない。必要以上に、姫野理香さんのことを意識するようになってしまいましてね。その上、姫野理香さんは、いつも女装はしていますが、本来は、男性だから、男同士の妬《ねた》みとか、競争心とかが、ありますからね。周りの人間も、二人を競争させて、喜んでいるんですよ。十津川さんも、テレビをご覧になって、分かったでしょう？　テレビ局も、ああやって、姫野理香さんにはわざと、木下正道さんの悪口をいわせるように仕向ける。同じように木下正道さんにも、姫野理香さんの悪口をいわせているんですよ。それで、番組の視聴率は、ポーンと上がる。みんな、それを見て、面白がっているんです」

「以前、うちの刑事が、木下正道さんの事を調べた時、将来は、自分の会社を持ち、自分のデザインしたドレスを、大々的に売り出したい、という野心を持っている事が、分かりました。姫野理香さんも、同じような夢を、持っているんでしょうか？」

「もちろんでしょう。どんなデザイナーだって、将来は、自分の会社を持ち、自分のデザインしたドレスを売り出したい。それを日本中の女性が着る。あるいは、斬新なデザインのスーツを、日本中のサラリーマンに着てもらう。そんな夢を、持つものですよ。たしか、木下正道さんは、以前、Ｆテックスの会長、服部久恵さんに取り入って、彼女が亡《な》くなるまで、同社のデザイン研究所の所長をやっていましたね。姫野理香さんのほうも、これまた服飾メーカーである池田の、顧問をやっているはずです。どちらも、将来は、十津川さんが、いわれたように、自分の会社を持って、自分のデザインした服を、大々的に、売り出したいと思っているはずです」

「現在、二人とも独身のはずですね。木下正道さんには、恋人がいるようなんですが、姫野理香さんは、どうなんですかね？　恋人の噂を、聞いたことはありませんか？」

「木下正道さんが、女性にもてるというのは、聞いたことがありますが、そういえば、姫野理香さんのほうは、そういう噂を、聞いたことがありませんね。隠しているのかな？　ちょっと分かりませんね」

浅井が、そういった時、彼の携帯が鳴った。

2

「ええ、浅井です」

浅井は、最初は普通に受け答えをしていたが、そのうちに突然、

「エッ、とうとうやったの？　場所は？　帝国ホテルなのか。そんなところで、とうと

う……。分かった。すぐに行く」

驚いた様子で、携帯をしまうと、浅井は、十津川に、

「噂をすれば、何とやらですね。これから、帝国ホテルに行くんですが、どうします？　一緒に、行きますか？」

「何か、あったんですか？」

「ついさっき、木下正道さんが、姫野理香さんのことを、殴ったそうですよ。場所は帝国ホテルらしいです」

「もちろん、行きますよ」

十津川は、すぐに応じた。

二人は、タクシーを飛ばして、帝国ホテルに向かった。その車の中で、浅井が、簡単に、状況を説明してくれた。

帝国ホテルの宴会場で、新人のデザイナー五人による、秋の新作ファッションショーが開催されていた。そのゲストとして、姫野理香が、呼ばれていたのである。

そのショーが終わり、姫野理香が、ホテルのロビーを歩いていたところに、ちょうど帝国ホテルに泊まっていた、木下正道が現れ、いきなり、姫野理香を殴ったのだという。

十津川たちが行ってみると、帝国ホテルのロビーは、意外なほど、静かだった。

ホテル側の話によると、ホテルが一一〇番したので、殴った木下正道と、殴られた姫野理香の二人は、駆けつけた警察官に、丸の内警察署に連れて行かれたという。

浅井が、ホテルのボーイやフロント係から、話を聞いている間に、十津川は、丸の内警察署に行ってみることにした。

十津川が、丸の内警察署に着くと、姫野理香はすでに帰されていて、加害者の木下正道だけが、事情を聞かれていた。

そのうちに、木下正道のマネージャーが、慌《あわ》てて駆けつけてきて、三十分もすると、木下を伴い、慌ただしく帰っていった。

その後で、十津川は、青木《あおき》という、二人を事情聴取した丸の内署の刑事から、その模様を聞くことが出来た。

「帝国ホテルから通報があって、相手が有名人ということもあり、私と、もう一人の刑事が駆けつけました。姫野理香は、ロビーのソファに座って、頬の辺りを押さえていましてね。殴った木下正道のほうは、仁王立ちのまま、彼女というか、彼を睨《にら》んでいた。そんな二人を、ホテルの客が遠巻きに眺めている、といった状況でした」

「姫野理香のほうは、ケガをしていたのですか？」

「ええ。でも、大したことはありませんでした。唇から、ちょっと血がにじんでいた程度ですよ。それでも、ホテルのボーイの話によると、木下正道が思いっ切り殴ったらしく、姫野理香は、ホテルの床に転倒して、悲鳴を上げたそうです」

「いきなり、木下正道が、姫野理香を殴ったんですか？」

「そのようです。姫野理香のマネージャーの話によると、仕事が無事に終わり、車に乗ろうと、エントランスに向かっていたら、木下正道が近づいてきて、いきなり、無言で殴ったそうです」

「二人のいい分は、どうなんですか？　木下は、どうして殴ったんでしょうか？」

「加害者の木下正道によれば、姫野理香は、人気があることを鼻にかけ、後輩のくせに、どこにいっても、やたらに自分の悪口ばかりをいっている、と。この日も、姫野理香は、ホテルで開催されたファッションショーの席で、盛んに木下正道の批判をしていたらしく、そのテレビ中継を、木下正道は、自分の泊まっていた部屋で、見ていたらしいのですよ。それで腹が立ち、ロビーで待ち構えていたら、姫野理香がマネージャーと歩いてきた。そこで、思いっ切り殴ってやったと、いっています」

「被害者の姫野理香は、どういっているんですか？」

「たしかに、自分は、木下正道を批判するような発言を、しばしば口にしている。それは認めるが、木下正道だって、自分のことを、いつも、悪《あ》しざまにいっている。才能もないくせに、女装を売り物にして、得意がっていると。三月一日は、姫野理香の誕生日だそうですが、その誕生日に、木下正道が、彼女の黒枠写真を送りつけたというんです。木下本人は、そんなことはしていないといっていますが、姫野理香の方は、あれは間違いなく、木下正道の、陰湿な嫌がらせだと、思っているようでした。だから、テレビに出ると、ますます悪口をいってしまう。お互い様じゃないか？　それなのに、何もいわずに、殴るなんて、ひどいじゃないか？　そういって、姫野理香は、怒っていましたね」

「それで、姫野理香は、殴った木下正道を、告訴するつもりなんですか？」

「彼女自身は、絶対に告訴するといって、息巻いていましたが、同業者でもあるし、どうやら、マネージャーに説得されて、それは止《や》めたみたいですね。それで、こちらとしては、木下正道のマネージャーを呼び、始末書を書いてもらって、帰しました」

「二人から話を聞いて、どんな感想を、持ちましたか？」

十津川が、最後にきいた。

「ライバル同士というのは、凄《すさ》まじいものだと思いましたね。最初は、男と女なんだから、何で、あんなに罵《ののし》り合うのかと思っていたら、ウチの女性刑事が、姫野理香は男だと教えてくれましてね。そうなると、男同士の嫉妬《しっと》なのかと思って、それで納得しました。でも、その女性刑事は、私とは違う印象を抱いたらしいですよ」

十津川は、桐野《きりの》という、その女性刑事からも、話を聞くことにした。

3

桐野めぐみ。今年三十歳になる、丸の内署の女性刑事である。彼女は、青木刑事と一緒に、木下正道、姫野理香の事情聴取に、当たっていたという。

「でも、実際に事情を聞いたのは、青木刑事で、私は、サブの立場で、二人を観察していただけです」

と、桐野めぐみがいう。

「青木刑事は、二人から話を聞いて、すさまじいライバル意識に圧倒された、といっていました。しかし、あなたは、別の感想を持ったらしいですね。それを話してくれませんか？」

と、十津川が、いった。

「私は、姫野理香の態度に、興味があったので、主に、彼女の様子を見ていたのです。同じ女性ですから」

「しかし、姫野理香は、女性の格好はしていますけど、本当は男性なんですよね?」

「そうなんですけど、やはり、女ですよ」

と、桐野めぐみはいった。

十津川は、そんな、桐野めぐみの証言に関心を持った。

この丸の内署では、男女二人の刑事が、木下正道と姫野理香から、事情を聞いていた。

青木刑事の感想が、十津川とそう変わらないのは、たぶん、男は先入観に基づいて、相手を推し量るからだろう。直感で、相手を読もうとする女なら、まったく別の印象を抱いても、何の不思議もない。

「青木刑事は、彼女について、こんなことをいっていました。元々、姫野理香は男性なので、男の感情で、動いている。女にはなり切れていない。だから、同性のライバルの木下正道に、強い競争心を持つのだと。あなたの感想は、違うようですね?」

「姫野理香は、十代の頃から女装を始め、その後、男の姿に返ったことは、一度も、ありません。本名の姫野修ではなくて、姫野理香として、現在まで、生きてきました。彼女は、そうすることが、自分にとっての全《すべ》てだと考えて、押し通してきたんです」

「それで、完全な女になっていた、ということですか?」

「いいえ、それとも、少し違うと思います。彼女は、性同一性障害とは、全く違うと思います。生まれた時から、十代までは、普通の男の子だったようですし。でも、女になったほうが、何かと、生活がしやすいし、有名になれる。そう思ったんだろうと思います。女をやっているうちに、それが、自分に合っているし、楽しいと思い始めたのではないでしょうか。歌舞伎《かぶき》の女形《おやま》に似ていると、思います。女を勉強して、女になり切ろうとしていたら、いつの間にか、考え方も女になってしまった。そのほうが生きやすい。ですから、男の気持ちで、木下正道と張り合うのとは、少し違うのではないかと、私は思いました。私の知っている歌舞伎の女形の方は、話し方も動作も、全て女です。でも、性転換手術で女になった訳ではありません。ただ、その日常は、まるで女です。女としての生き方、あるいは、言葉遣いなどを訓練しているうちに、それが、彼の常態になってしまっているんです。その女形の方と、姫野理香が、似ているような気が、するんです。女として、彼女は成功しました。だから、もう、男に戻ることは、ないと思います。それに、彼女は、こんなこともいっていました。女として考えて、行動したほうが、楽しいと」

「あなたのいう通りだとすると、姫野理香は、彼女といったほうが、いいんでしょうか？」

「そうですね。彼女です」

「彼女は、男として行動したり、物事を考えたりすることは、止めてしまったということですね」

「ええ、そう考えたほうが、彼女のことを、理解するには早いと思います」

「そうすると、姫野理香にとっての恋愛の対象は、どちらなんでしょう？　女性でしょうか、それとも、男性でしょうか？」

「私の勝手な判断かもしれませんけど、おそらく、彼女は、女性よりも男性のほうを愛しているんじゃないでしょうか。感情というか、感性はそうなっていると、私は思います。彼女は、十代の終わりから、姫野理香になって、人生の半分を、女として生きてきたのですから」

「なるほど。たぶん、あなたの判断が、正しいと思いますよ」

と、十津川が、いった。

4

次に、十津川たちが向かったのは、中央テレビだった。

以前に、ある事件に関して、中央テレビに協力してもらったことがあり、その時に世話になった、篠崎《しのざき》という広報担当者と、会う約束をしていたのだ。

十津川は、篠崎の顔を見るなり、

「こちらで放送した番組で、姫野理香が出演したものが、いくつかあると思うのですが？」

と、きくと、

「ええ、ありますよ。彼女、売れっ子ですからね。彼女が出ると、視聴率が上がるんですよ」

と、いって、篠崎が、笑った。

「篠崎さんに、お願いがあるのですが、姫野理香の出演した番組の録画があったら、いくつか、貸していただきたいのです」

と、十津川が、いった。

「姫野理香が、木下正道に殴られたそうですね。その事件に関してお調べなんですか？」

「ええ、事件の参考資料にしたいのですよ。お願いできますか？」

「分かりました。それでは、すぐ、どんな番組があったか、調べましょう」

篠崎が用意してくれたのは、六本の番組を録画したＤＶＤだった。

十津川は、そのＤＶＤを借り受け、捜査本部に戻ると、亀井と二人で、この六本の番組に、目を通すことにした。

5

面白いことに、姫野理香をメインに据えた番組は一本もない。どれも、ゲストの一人として、出演していた。

姫野理香は、その中で、他人のファッションセンスについて語りながら、木下正道を批判する発言で、番組を面白くしていた。

六本の番組に出演している姫野は、全て違った服装をしていたし、その服装に合わせるように、髪型も変えていた。

「六本とも、姫野理香は、別人のように見えますね」

感心したように、亀井がいった。

「それを、確かめたかったんだよ。だから、こんなに借りてきたんだ」

それでも、十津川は、その番組に出ているのが、姫野理香だと知っているから、彼女だと分かる。だが、初めて見た人は、たぶん、まったくの別人と、考えてしまうだろう。

「警部が知りたかったのは、このことですか？」

「そうなんだよ。ホテルで開かれた尾西香里の告別式で、新井江美が、毒を飲んで死んだ。いや、毒を飲まされて、殺された。その時に、新井江美と一緒にいたという、背の高い女性のことを思い浮かべてね。ひょっとすると、一緒にいたのは、姫野理香ではないか、と考えたんだ。それで、彼女が出た番組のＤＶＤを、六枚も借りてきて、全部見てみた。姫野理香は、見事なほどの、変幻自在ぶりだ。服を変え、化粧を変え、まるで、別人のような顔になって、出演している」

「新井江美と背の高い女性が一緒にいるのを、目撃したホテルの人間がいますが、この六枚のＤＶＤを見せたらどうですか。背の高い女は、姫野理香ではないかと、聞いてみますか？」

と、亀井が、いった。

「いや、今は止めておこう」

「どうしてですか？」

「テレビに出演する時の、姫野理香の七変化ぶりが分かっただけでもいい。今は、それで満足しているんだ。事件の日に目撃された背の高い女が、姫野理香である可能性が、出てきたということだけで十分だよ。今、この六枚のＤＶＤを見せたとしても、たぶん、この中に、あの事件の日に見た、背の高い女はいない、というように、決まっているからだ」

「どうしてですか？」

「もし、姫野理香が、犯人だとすればだよ。彼女は、これだけ見事に変身ができるんだ。テレビに出る時のような、派手なファッションやメーク、あるいはヘアスタイルをして、新井江美に会ったとは、とても考えられない。だから、犯人が姫野理香だったとしても、全く違う女性に見えるように、化粧をし、ファッションを整えて、事件の日に、あのホテルに、行ったはずだ。だから逆に、別人だという証言が、出てきてしまう恐れがあるんだよ」

と、十津川が、いった。

その日の捜査会議で、十津川は、三上刑事部長に、姫野理香と木下正道について、分かったことを、報告した。

その時に、中央テレビから借りてきた姫野理香のＤＶＤ六枚も披露した。

「君は、この姫野理香が、今回の事件に、関係していると、考えているわけだな？」

三上が、十津川を見る。

「今のところ、何ともいえませんが、その可能性もあると、考えています。関係しているという確固とした証拠が、現在、あるわけではありません」

十津川は、慎重ないい方をした。

「話を戻すが、今回の事件では、最初に、尾西香里が殺され、続いて、新井江美が、殺されている。第一の殺人、尾西香里殺しについては、原因は何だと、思っているのかね？」

「原因は、愛情のもつれではないかと、考えています」

「つまり、毎週月曜日に、夫の尾西洋次に隠れて、妻の尾西香里が、木下正道と浮気をしていた。そのことが、殺人の原因だと、君は、考えているわけだね？」

「そうです。しかし、犯人は、夫の尾西洋次ではありません。最初、尾西洋次が、妻の香里と、木下正道との浮気を知り、カッとなって殺したのかと思いましたが、それは、違っていました」

「夫の尾西洋次が、犯人ではないという理由は、同じ月曜日、彼も、妻の香里に隠れて、新井江美と浮気をしていたから。つまり、そういうことだな？」

「その通りです。夫の尾西洋次は、妻を騙《だま》して、分刻みの慌《あわ》ただしさの中で、浮気をするのが楽しかった。これは、間違いないのです。事件当日も、尾西洋次は、新井江美との浮気を楽しんでいた」

「そうすると、尾西香里殺しについては、夫の洋次は、容疑者ではない。犯人は、浮気相手の、木下正道か、あるいは、木下正道を好きな女がいて、木下正道と尾西香里との仲を嫉妬《しっと》し、香里を殺した、ということになってくる。そういうことだな？」

「そうです。それが原因だと、今は考えています」

「君は、木下正道のライバルで、同じファッションデザイナーの、姫野理香をマークしたわけか？」

「現在、最初の殺人事件の容疑者として、マークしているのは、姫野理香と、被害者の浮気相手である木下正道です」

「しかしだね、私が聞いたところによれば、姫野理香は、女性のファッションリーダーとして売れているが、本当は男性で、木下正道とは、お互いに相手を引きずり降ろそうとしている、ライバル同士だと、いうじゃないか？　今日も、帝国ホテルで、木下正道が姫野理香を殴って、警察沙汰《ざた》になったと聞いている。そんな姫野理香が、木下正道と尾西香里との仲を嫉妬して、香里を殺すだろうか？」

「テレビでも、週刊誌でも、二人の仲が、険悪だということを、盛んにはやし立てています。元々、姫野理香は男性なので、男同士の醜い争い、という見方をしている人がほとんどですが、本当のところは、どうなんでしょうか？　私は、この二人のけなし合いというか、悪口のいい合いは、両者にとって得になるから、そんな芝居を、お互いが分かった上で、続けているのではないかと、疑っています」

「しかし、姫野理香は、女の格好をしていても、本来は、男なんだろう？　木下正道との関係というと、男同士の関係になってしまうんじゃないのかね？」

「この二人を事情聴取した、丸の内警察署の女性刑事がいるのですが、姫野理香について、面白いことをいっているのです」

十津川は、桐野めぐみ刑事から聞いたことを、そのまま、三上刑事部長に伝えた。

「姫野理香という男は、十代の頃から女として、ファッションの仕事をし、女として発言して、成功した。そのうちに、生き方も気持ちも、次第に女になって来た。それは、歌舞伎の女形にも似ている。だから、木下正道に対しても、姫野修としてではなくて、姫野理香として接している。君は、そう思っているんだな？」

「そうです」

「だとして、第一の殺人事件があった四月五日に、姫野理香が尾西香里を殺した、という証拠は、あるのかね？」

「今のところ、証拠はありません。尾西香里殺しについては、まだ、わからないことが多いのです」

「ほかには、何がわからないんだ？」

「時間です」

と、十津川が、答える。

「尾西香里は、新幹線の新大阪と新神戸の間で、殺されました。四月五日の月曜日、『こだま』が新大阪を出て、新神戸に着くまでの間に、車内で殺されたのです。十六時三十八分から十六時五十三分までの、十五分間です。なぜ、この時間帯に、この新幹線『こだま』の車内で、犯人は、尾西香里を殺したのか。わずか十五分の間に殺すということは、時間的に、かなり制約されるわけです。普通に考えれば、尾西香里が東京にいる時、自由に、日時も決めずに殺すことだってできる。なぜ、たった一駅の区間、かつ、新幹線『こだま』の車内で殺したのか？　そうせざるを、得なかったのか？　それとも、偶然なのか？　そこが分からずに、大きな壁に、なってしまっているのです」

「第一の殺人と、新井江美殺しである、第二の殺人、二つの事件を、解決するには、いったい、どうしたらいいと、君は考えているのかね？」

「今、私が、捜査すべきと思っているのは、木下正道と姫野理香、この二人の、第一の事件と第二の事件の時のアリバイです」

十津川は、断定するようにいった。

捜査会議の後、十津川は亀井と二人で、もう一度、今回の二つの殺人事件について、考えてみることにした。

6

第一の殺人事件は、四月五日月曜日に起こっている。

いつも毎週月曜日に、尾西香里は、東京発十三時三十分の、「のぞみ39号」に乗って、大阪に向かう。これは、毎週月曜日の、決まった行動パターンである。

その「のぞみ」は、十六時〇六分に、新大阪に着く。

その後、香里は、自分が経営するブティックの大阪店に向かい、前週の利益についての報告を受け、次に新神戸に行って、神戸店の営業成績を調べる。そして、それが済んだら、とんぼ返りで、東京に戻る。

これが、毎週月曜日の午後の、尾西香里の予定ということになっていた。

夫の尾西洋次は、このスケジュールを信じていて、それに合わせた、いかにも気の弱い夫らしい、いじましい浮気を、毎週月曜日に楽しんでいた。

そして、四月五日の月曜日も、尾西洋次は、いつもと全く同じ行動を取った。

東京駅で、十三時三十分発の「のぞみ」に乗った妻の尾西香里を見送ると、その「のぞみ」が新大阪に着く十六時〇六分まで、洋次は、自宅ではない場所で過ごしていた。その約二時間半の間、妻の香里は「のぞみ」の車内にいて、尾西の行動を、チェックすることができない。

尾西は、事件当日も、急いで四谷まで行き、マンションに囲っている新井江美との浮気を楽しんだ。そして、いつもの月曜日と同じように、六本木の自宅マンションに帰って、妻、尾西香里からの電話を、待ち構えていた。

香里は、新大阪に着く十六時〇六分に、「のぞみ39号」から降りて、十六時二十分から三十分の間に、東京にいる夫の尾西に、電話をすることにしていた。

夫に隠れて、木下正道と浮気していた香里は、その時間に、洋次に電話をかけることによって、尾西が東京の自宅に帰っていることを確認し、それからゆっくりと、木下正道との浮気を、楽しんでいたのである。

夫婦揃《そろ》って、時刻表に沿った浮気を楽しんでいたことになる。

ところが、四月五日は、いつもの月曜日とは、違っていた。同じように「のぞみ39号」で東京駅を出発した香里は、新大阪発十六時三十八分の「こだま」の車内で、殺されてしまったのである。

「のぞみ39号」は、十六時〇六分に新大阪に着くから、もし、尾西香里が十六時〇六分に新大阪で「のぞみ」から降りたとすれば、その三十二分後に、同じく、新大阪を発車する「こだま757号」に乗ったということになる。なぜ、彼女は、そんな行動をとったのか？

十津川と亀井は、二人でコーヒーを飲みながら、まず、そのことを検討した。

「いつもの月曜日ならば、新大阪駅に、浮気相手の木下正道が待っていて、『のぞみ39号』から降りた尾西香里と、二人で京都まで戻り、京都西陣の木下正道の別宅に行って、浮気を楽しむ。これが、いつものコースだと思う。だが、四月五日には、新大阪で降りた後、そこで待っていた誰かと、『こだま757号』に乗って、新神戸に向かった」

と、十津川が、いった。

「尾西香里が、新大阪で『のぞみ39号』から降りたことは、まず、間違いないと思うのです。でも、何で、尾西香里と木下正道は新大阪でまちあわせていたんでしょうか。京都の別宅に行くなら、京都駅で待ち合わせると思うのですが」

「木下正道はテレビにもよく出ているし、別宅をもっているぐらいだから、京都では顔をよくしられている有名人だ。それで、わざわざ、待ち合わせを新大阪にしたんだろう」

「たしかにそうですね」

さらに、亀井が続ける。

「そこに、もし、浮気相手の木下正道が待っていたとすれば、二人は、まっすぐ西陣の木下正道の別宅に向かう。新大阪で、木下正道が待っていたとすれば、そういうことになるんじゃないかと思うのですが？」

「新大阪で『のぞみ39号』から降りてくる尾西香里を待っていて、何とか、理由をつけて、十六時三十八分発の『こだま757号』に乗せる。そして、新神戸までの車内で、香里を殺す。木下正道が、そうした可能性もあり得るよ。新大阪で落ち合ったあとで、京都にいる間に殺すようなことは、木下正道は、まずしないと思うね。京都で殺してしまうと、何で大阪に向かったはずの尾西香里が、京都で殺されたのかと、警察の目は、間違いなく、京都に別宅を持つ、彼に向けられてしまうからだ」

「木下正道が犯人だとすれば、動機は何でしょうか？」

「普通に考えれば、二人の仲が、うまく行かなくなり、木下にとって、香里が重荷になって来た。ところが、香里のほうは、別れる気は全くない。そうなると、木下にとって、香里は邪魔な存在でしかない」

「木下正道が犯人だとすると、問題は、なぜ『こだま757号』の車内で、殺したのか？なぜ新大阪と新神戸の間で、殺したのか？　この二つですね」

「その通りだ」

「木下正道以外の人間が、犯人だという可能性もまだ残っています。次に、それを考えてみようじゃありませんか？」

亀井が、先を促した。

「私は、木下正道以外となると、姫野理香が、容疑者の筆頭に、なってくると思っている。この二人は、男同士で競争し合い、何かというと、お互いの足を、引っ張ろうとしていた。そんな姫野理香が、木下正道と尾西香里の仲を嫉妬して、香里を殺すなんてことは、まず考えられない。誰もがそういうが、私は、違うと思う。姫野理香は、間違いなく女なんだ。十代から三十八歳の現在まで、彼女は女として生活し、成功し、これからも女でありたいと思っている。行動も女らしくなっているし、気持ちも女らしくなっている。そう考えれば、元々は木下正道と親しかった姫野理香が、ヤキモチを焼くことも、十分に考えられるんじゃないか。だから、尾西香里を、嫉妬から、『こだま757号』の車内で殺した」

「この場合の問題点は、何でしょうか？」

「まず、木下正道と姫野理香との関係だよ。姫野理香が女として生きている間に、いつの間にか、木下正道と深い関係になり、香里に嫉妬するようになった。この証明を、どうやってするのか？　それが第一の問題だ。それから、なぜ、『こだま757号』の車内で、新大阪と新神戸の間の、短い十五分の間に殺す必要があったのかということだ。これは偶然なのか、それとも、ほかの時間には殺せなかったのか、これが、第二の問題になってくる」

と、十津川が、いった。

「確かにそうですね」

「それでは、木下正道、姫野理香、この二人のアリバイを、調べてみようじゃないか？」

亀井は、大きく頷《うなず》いた。

7

まず、木下正道の、四月五日のアリバイである。

もし、彼が犯人ならば、この日の午後、十六時三十八分から、十六時五十三分の間に、木下正道は、「こだま757号」に乗っていたことになる。

十津川と亀井の二人は、麹町にある、木下正道のマンションに行き、彼に会った。

「先日、お会いしたとき、木下さんは、尾西香里さんとは恋愛関係はない、とおっしゃった。しかし、さらに調べていく中で、お二人の間に、何かがあったのでは、と確信を抱くようになったのです。木下さん、本当のことを、お話しいただけませんか？」

と、十津川が、いうと、木下は、小さく笑って、

「実は、私と尾西香里との間には、男と女の関係が、ありました。すでに警察は、詳しくお調べになったんでしょうね？」

「ええ、そうです。毎週月曜日、尾西香里さんは、東京発十三時三十分の『のぞみ39号』に乗り、大阪と神戸にある、自分の店を訪ねることになっていた。ところが、尾西香里さんは、大阪店と神戸店には行かず、京都に別宅を造った、木下さん、あなたに会うために、関西に出かけていた。これは、間違いありませんね？」

「やはり、ちゃんと、調べておられるじゃありませんか」

「その別宅が、京都の西陣の、どこにあるのかも、わかっています」

「それじゃあ、もう、ウソは、つけませんね。正直に申し上げましょう。十津川警部がいわれたように、毎週月曜日、夫の尾西を騙《だま》して、尾西香里と、京都の私の別宅で会っていました。しかし、事件のあった日、四月五日には、私は急用ができて、新大阪駅に、香里を迎えに行かなかったのです。もちろん、『こだま』の車内で、尾西香里を、殺したりなんかはしていませんよ」

木下は、更に続けて、

「四月五日の月曜日は、姫路市で、姫路城をバックにした、ファッションのイベントが、あったんですよ。私は最初、それには、参加しないつもりだったのですが、急に、主催者から、どうしても出てほしい。そうしないと、話題にならないから、ぜひともお願いしますと、再三、いわれましてね。前日の四月四日にも、主催者から電話があって、要請されたんですよ。それで、仕方なく、そのイベントに、ゲストとして出演することになりました。ですから、私は、四月五日には、朝から姫路にいたんです。午後二時に尾西香里に電話をしました。彼女が京都に来る日は、夫の尾西に聞かれるとまずいので、彼女が『のぞみ』に乗って、人心地ついた、午後二時に連絡することに、決まっていたんですよ。彼女は、新幹線の中で、携帯をかけるのが、嫌いということに、なっていたんで、別の連絡で邪魔される心配もありませんしね。それで、午後二時に、どうしても行けなくなってしまった。申し訳ないと、電話をしたのです」

「それで、尾西香里さんは、どう返事をしたのですか？」

「急な仕事なら仕方がない。それなら、新幹線『のぞみ』を新大阪で降りて、大阪の店を見て、それから、神戸の店を見てから、東京に帰ると、彼女は、いっていたんですよ。ですから、新大阪と新神戸の間を走っていた新幹線『こだま』の車内で殺されるなんて、全く、思ってもいませんでした」

と、木下が、いった。

「つまり、その時刻には、姫路城のファッションのイベントに、ゲストとして参加していた。だから、新大阪にも新神戸にも、あなたは、いなかった。そういうことですね?」

と、十津川が念を押した。

「ええ、そうです」

「あなたは、それを証明することが、できますか?」

「イベントの主催者に確認してくだされば、わかりますよ」

「あなたが出演されたイベントは、何時から何時まで、行われたのですか?」

「確か、午後一時から夕方の六時まで、でした。大変な盛況で、夕方六時に終わった時には、全員が疲れ切っていたのを、覚えています」

「終わったのは、四月五日の午後六時、それで間違いありませんね?」

「その通りです。そのイベントは、四月五日から三日間、開かれていました。連日、午後一時から午後六時まででした」

「その三日間ですが、あなたが京都に造られた別宅に寝泊まりして、そこから三日間、姫路に通われたわけですか?」

「いや、京都の別宅には、泊まりませんでした」

「どうしてですか？　京都から姫路まで、新幹線を使えば、簡単に行けるのではありませんか？」

「たしかに、そうなんですけどね、私は、ファッションの仕事には、真面目《まじめ》に取り組むことを心がけています。ですから、この仕事の時には、姫路に泊まることにしたのです。北海道や東北、あるいは、沖縄などの仕事の場合でも、同じです。私は現地に行って、そこに泊まることにしています。いちいち、京都や東京に戻っていては、仕事になりませんからね」

　と、木下は、いう。

「それでは、四月五日の月曜日、姫路のホテルに泊まって、そのイベントに、何時から何時まで出ていたのか、それを、教えていただけませんか？」

「分かりました。それなら、これからマネージャーに調べてもらって、そちらに、報告しますよ」

　と、木下は、約束した。

第六章　蠢《うごめ》く男と女たち

1

十津川は、兵庫県警に協力を要請することにした。

四月五日から七日までの三日間、姫路城をバックにした、ファッションのイベントが行われた。問題は、そのイベントに、木下正道が、本当に、参加していたのかどうか、ということである。特に、初日の四月五日、そのイベントにかかりきりになっていて、姫路を離れずにいたかどうか？　それを調べてほしいという要望を、兵庫県警に出した。

尾西香里は、四月五日、十六時三十八分新大阪発、十六時五十三分新神戸着の「こだま757号」の車内で、何者かによって殺されている。

その犯人が木下正道ならば、この間のアリバイが、ないはずである。

二日後、兵庫県警から、回答がファックスで送られてきた。

「四月五日から七日までの三日間、姫路城を舞台にしたファッション関係のイベントが開催されていたことは、間違いありません。

主催者は、全日本ファッション協会と富士繊維で、そのほか、主なデパートが、協賛しています。

この三日間のイベントに、主催者側の人間として、参加しているのは、日本のファッションデザイナーと、主にアジアで活躍する海外のファッションデザイナー、そして、ゲストとして、ご依頼の木下正道の名前も入っておりました。

三日間とも、午後一時から開催され、午後四時から五時まで一時間の休憩があり、その後、七時からは、招待客を交えての夕食会が開かれています。夕食会の会場は、姫路でも有名な『料亭ひめじ』で、このスケジュールは、三日間とも変わっておりません。

問題の四月五日ですが、参加者の話によりますと、木下正道は、午後一時前から会場に来ていて、ずっとイベントに出ていたようです。午後四時から五時までの一時間の休憩ですが、木下正道は、急遽《きゅうきょ》開かれたサイン会で、多くのファンに囲まれ、午後五時過ぎまでサインをしていたと、参加者の誰もが、証言しています。

それから、午後七時からの夕食会にも、木下正道が参加していたことは、間違いありません。この日は、夕食会の後、さらにパーティがあり、午後九時まで、木下正道は参加したようです。その後、姫路市内のホテルに帰ったことは、ほかのゲストも証言していますから、まず間違いないと思われます」

この報告書には、神戸警察署の松木警部の名前があった。松木は、今回の事件について、今までも、いろいろな情報を知らせてくれていた。

その回答を受け取った後で、本人の松木警部からも、電話が入った。

「今回の事件の、容疑者第二号は、木下正道ですか？」

と、松木が、きいた。第一号は、もちろん、殺された尾西香里の夫、尾西洋次である。

「そうです。木下正道という男は、京都の町家を改造し、別宅と称して、そこで、何人もの女性との浮気を、楽しんでいたようです。その中の一人は、間違いなく、殺された尾西香里で、このことは、木下正道本人も認めています」

「しかし、例のファッションイベントですが、こちらで調べた限りでは、問題の四月五日、木下正道は、午後一時から、食事会、パーティと、全《すべ》てが終わった午後九時まで、間違いなく、姫路の会場周辺にいたことが、確認されています。彼が、新幹線の車内の尾西香里を殺すことは、まず無理だと思いますね」

「問題の時間、午後四時から五時までの休憩時間に、本当に、サイン会が行われていたんですか？」

と、十津川が、きいた。

「ええ、間違いありません。最初は、サイン会の予定はなかったようですが、休憩時間にサインを求める人が、ワーッと、押しかけてきたんですよ。四月五日から七日まで、連日、二千人を超すお客が集まるというふれこみでしたから、急遽、有名モデルの写真集や、木下正道が書いた本などを置いて、買ってくれた人に対しては、本にサインする、そういうことになったんです。このサイン会は、三日間とも、午後四時から五時までの一時間、行われています」

「四月五日ですが、その一時間ずっと、木下正道は、サインをしていたんですか？」

「ええ、そのようです」

「木下正道の本も、そんなに売れたのですか？」

「イベントの花は、どうしても、有名モデルということになりますから、その写真集の方がよく売れました。でも、主催者の話によると、木下正道の書いた本も、一日に八十冊から百冊は、売れたそうです。その上、お客が本にサインをしてもらった後、握手をしたり、木下と一緒に写真を撮ったりしたので、丸々一時間、かかったそうです」

と、松木が、いった。

「三日間ともですか？」

「ええ、そうです」

「一度も、席を立っていないのですか?」

「ええ、まったく席を離れていないようなんです。参加していたモデルも、木下正道も人気があり、サインをせがまれて、一時間あっても、時間が足りないくらいだったと、皆が証言しているのです」

「そうですか。それでは、もう一つ調べていただきたいことがあります。四月五日、六日、七日の三日間、木下正道は、姫路にいたわけですよね? 姫路のホテルに泊まっていたと、本人はいっているのですが、本当に、そこに泊まっていたのかどうか? 京都ではなかったのか? それを調べていただきたいのです」

と、十津川が、いった。

2

松木警部が、調べてくれている間、十津川と亀井の二人は、尾西洋次に会いに行った。

尾西は、香里と住んでいた六本木の高層マンションの一室を、今でも使っていた。十津川が会ってみると、なぜか、ご機嫌だった。

「何だか、うれしそうですね」

十津川は、皮肉を込めていったつもりだったが、尾西は笑みを浮かべて、

「当然でしょう。一時、私が財産目当てに家内を殺したかのように、警察から疑われていましたが、やっと、無実を認めていただいたようですからね」

十津川は、その言葉に、思わず苦笑して、

「いや、まだシロだと、確定したわけではありませんよ。あなたは、時刻表を利用して、浮気を楽しんでいた。四月五日、奥さんだった香里さんが殺され、その後、浮気相手の新井江美さんも、毒殺されているんです。その二人の、どちらにも関係のある、あなたを、そう簡単に、シロと決めるはずがないじゃありませんか」

途端に、尾西は、ムッとした顔になり、

「しかし、東京にいた私が、関西の列車内にいた家内を殺せるわけはないし、新井江美だって、勝手に自分で青酸カリを飲んで、死んだんでしょう?」

と、いった。それに対して、亀井が、

「今だって、あなたには、疑いがかかっているんですよ。奥さんの莫大な遺産を手に入れようとして、殺し、そのことを知った浮気相手の新井江美の口も、封じた。動機としては、十分すぎるぐらいですからね」

「冗談じゃない。私が、そんなことをするはずがないだろう」

　尾西が、声を荒らげた。

「しかし、奥さんの遺産を、あなたが手に入れたのは、本当でしょう。この豪華なマンションだって、奥さんが死んだからこそ、あなたのものになったのでは、ありませんか？　違いますか？」

　亀井が、しつこく、きく。

「私は、香里の夫だったんだから、彼女の遺産をもらうのは、当然じゃないか。それとも、何か、問題があるんですか？」

「あなたが手に入れた遺産について、どうこういうつもりはありませんが、あなたには、亀井刑事がいったように、二人の女性を殺すだけの、動機があった。そこで、もう一度お聞きしたいのですが、香里さんは、新大阪と新神戸の間を走っていた、『こだま』の車内で殺されました。それを聞いた時、あなたは、こんなことをおっしゃった。ウチの家内は、どんなに短い区間であっても、格下でグリーン車がない『こだま』に乗るはずはない。いつだって、クラスが一番上の『のぞみ』のグリーン車に乗っている。だから、家内が『こだま』の車内で殺されるのは、おかしい。そう、おっしゃいましたね？」

「ええ、いいましたよ」

「どうして、あの時、そんなことを言ったんですか？」

十津川が、きいた。

「どうしてと聞かれても、困ります。とにかく、家内は、普段から、自尊心が強くて、気位も高かったんですよ。ホテルに泊まる時だって、必ず、最上級の部屋に泊まっていましたし、新幹線に乗る時は、いつも『のぞみ』のグリーン車でした。新大阪と新神戸の間、距離にして三十六・九キロですか、たしかに短い距離ですけどね、そんな時でも、家内は『こだま』なんかには、乗りませんよ。一番速くて、格上の『のぞみ』に乗るんです。そういう女なんです。ですから、『こだま』の中で殺されたと聞いた時、おかしいなと、思ったんです」

「しかしね、四月五日の月曜日には、尾西香里さんは、間違いなく、新大阪と新神戸の間を走る、『こだま757号』に乗っていて、その車内で殺されているんです。これは、事実なんだ。それなのに、あなたは、『こだま』になんか、乗るはずはないと主張する。そうすると、どうしてあの日だけ、奥さんは『こだま』に、乗っていたのか？　おかしいじゃないですか？　私は、その理由を知りたい」

十津川が、いうと、

「私だって、知りたいですよ。絶対に乗るはずはないのに、家内は、『こだま』の中で殺された。私は、今でも、おかしいと思っています」

尾西は、同じ言葉を繰り返した。

「尾西さん、あなたが、その『こだま』に乗れといったんじゃないんですか？　新大阪から新神戸まで、短い距離なんだから、わざわざ『のぞみ』に乗らなくたって、いいじゃないか。『こだま』だって同じじゃないか。だから、『こだま』に乗れ。そういったんじゃないですか？」

亀井が、意地悪くいうと、尾西は笑って、

「私がそういったって、家内は、私のいうことを聞くような、女じゃないんですよ。私が『こだま』に乗れといったら、なおさら乗らないような、そんな女なんですよ」

と、いった。

「じゃあ、誰がいえば、奥さんは、おとなしく『のぞみ』や『ひかり』ではなくて、『こだま』に、乗ったと思われますか？」

亀井が、さらに続ける。

「分かりません。そんなこと、私が知っているわけがないでしょう？」

「では、木下正道という名前を、ご存じですか？」

十津川が、きいた。

「木下正道？　ああ、聞いたことはありますよ。私も、昔はファッションデザインの世界にいましたが、名前だけで、直接は知りません。かなりの、大物だそうですね」

「亡《な》くなった奥さんが、この木下正道という男と、京都で、浮気をしていたのです。そのことは、尾西さんも、ご存じですよね？」

「ええ、知っています。香里が死んだ後で、耳にしました」

十津川のそんな言葉にも、尾西は顔色一つかえず、

「それを聞いて、どう思いましたか？」

「カッとした、といえば、いいんでしょうけどね。正直にいうと、何とも思いませんでしたよ」

「それは、あなた自身も、奥さんに隠れて、浮気をしていたからですか？」

「ええ、それもありますが、香里が殺されるしばらく前から、彼女と別れてもいいと、思うようになっていたんですよ。だから、後で家内が浮気をしていたと聞かされても、カッとなんかしなかった。本当ですよ。しかも、殺された四月五日には、私は家内の浮気を、まだ知らなかったから、殺す理由なんて、ないんです」

「では、姫野理香という名前を、ご存じですね？」

「ええ、テレビで、見たことがありますよ。しかし、関心はないな」

「木下正道と同じように、最近のファッション業界では、いわゆる、ご意見番のような存在です。昔のあなたや、亡くなった奥さんのデザインについても、いろいろと、酷評していたみたいですよ」

「そうなんですか。じゃあ、その姫野理香という人も、家内の事件に、何か関係があるんですか？」

「それは、まだ分かっていません。あなたは、姫野理香という人について、名前だけは知っている。そういいましたね？」

「ええ、テレビで、よく見ますからね」

「木下正道についても、名前を知っていましたね？」

「知っているだけで、会ったことも、言葉を交わしたことも、ありません」

「もう一度聞きますが、本当に、名前しか知らないんですね？」

「間違いありませんよ。ちょっと、しつこいんじゃありませんか」

尾西は、ムッとした表情で答えた。

「いいですか、あなたの、浮気の相手だった新井江美さんは、すでに死んでしまっているのです。このこと、分かりますよね？」

「つまり、家内が、殺された事件について、私のアリバイが消えてしまった。刑事さんは、そう、おっしゃりたいんですね」

「そうです。あなたは、東京駅に、関西へ出かける奥さんを見送りに行って、その後、タクシーで四谷に向かい、そこのマンションに囲っていた、新井江美に会った、といった。それが、あなたの、当日のアリバイですね？」

「そうです」

「しかし、証人の、新井江美さんが死んでしまった。つまり、あなたのアリバイを証明する人は、誰もいないのですよ」

「私を脅すんですか？」

「別に、脅しているわけではありませんよ。ただ、あなたの立場が危なくなっているということを、いいたいだけです。もし、事件について、まだ黙っていることがあれば、残らず、私に話してほしいのです。さもないと、あなたに対する警察の疑いが、ますます濃くなっていきますよ」

と、十津川は、語気を強めた。

3

パトカーに戻ると、亀井が、十津川にいった。

「あの尾西洋次が、今回の二つの事件について、何か知っていると、警部は思われますか？」

「実は、よく分からないんだ。一見したところ、気の強い奥さんに隠れて、こそこそ浮気を楽しんでいる小心者の夫に、見えなくもない。偶然、奥さんが死んでしまい、莫大な遺産を手に入れて、浮かれている男。そんなふうにも、見えるんだよ。しかしね、彼自身は犯人ではないとしても、現在、尾西香里殺しについて、また、新井江美殺しについても、一番強い動機を持っている人間は、尾西洋次しかいないんだ。もし、ほかに、真犯人がいるとすれば、何とかして、われわれ警察の疑いを、尾西洋次に向けようとするだろう。今は、そう、考えている」

「そのことに、警部は、期待を持たれているわけですか？」

「そうだよ。真犯人が別にいて、疑いを尾西洋次に向けさせようと、何らかの小細工をする。そうすれば、今回の事件が、解決の方向に向かって動くのではないか？　そう考えているんだがね。果たして、こちらが思う通りに、真犯人が動いてくれるかどうか。それが問題だな」

十津川が、いった。

「尾西洋次が、真犯人に殺されてしまう恐れは、ありませんか？」

「殺される？」

「そうです。今、警部がいわれたように、二つの殺人事件について、尾西洋次は動機を持っています。それで、真犯人は、尾西洋次を、自殺に見せかけて殺してしまう。筆跡を真似《まね》て、遺書も残しておく。妻の尾西香里については、浮気が許せなかった。だから、殺した。新井江美については、浮気の相手だったが、それをばらすとかいって、やたらに莫大な手切れ金を要求してきた。そこで、口止めするために殺してしまった。そんな内容の遺書を、残してです」

と、亀井がいった。

「まず、無理だな」

「どうしてですか？」

「たった今、尾西洋次本人に、会ってきたじゃないか。あの男は、莫大な遺産を、手に入れて、浮かれているんだ。そんな男が、自分の罪に脅《おび》えて、自殺なんか、するはずはないよ。だから、尾西が自殺なんかしてしまったら、みんなが、その死を疑うことになる」

「ですから、真犯人は、いろいろと小細工を弄《ろう》して、尾西洋次を追いつめていく。そのあげく、自殺をしたとしてしまえば、周りも納得するのではありませんか？」

「しかし、カメさんがいうように、真犯人が、尾西洋次を追いつめ、その挙句の自殺に見せかけて殺すとしたら、そろそろ、その小細工とやらを始めなくては、いけないんじゃないかな？」

とだけ、十津川は、いった。

4

十津川は、念のため、尾西洋次に、監視をつけることにした。男の刑事が二人では、尾西に怪しまれる恐れがあるので、三田村刑事と北条早苗刑事の二人を、つけることにした。

早速、その三田村刑事から、十津川に、連絡が入った。

「ここしばらく、女が、尾西洋次のマンションに、入り浸っているようです」

と、三田村が、いう。

「早速、新しい彼女を作ったか。どんな女だ？」

と、十津川が、きく。

「紀香《のりか》という名前です。フルネームは、高橋《たかはし》紀香です。二十五歳の売れないモデルで、最近では、アダルトビデオにも出演しているという、噂があります」

次の日の午後に、三田村は、また十津川に電話をしてきて、

「午後一時、尾西洋次と高橋紀香は、二人揃《そろ》って、マンションを出ました」

と、いう。

二人の行き先は、東京駅だったが、その後の、北条早苗刑事からの連絡が、十津川を緊張させた。

「二人は、十三時三十分発の『のぞみ39号』に乗るようです」

と、いってきたからである。

十三時三十分、東京発の「のぞみ39号」といえば、四月五日の月曜日に、殺された尾西香里が、最初に乗った列車である。更にいえば、尾西洋次は、それを見送りに、東京駅に行っているのである。

今日は月曜日だ。これは、偶然なのだろうか？　それとも、尾西洋次は、何か、考え

るところがあって、十三時三十分、東京発「のぞみ39号」に、乗ろうと、しているのだろうか？

「今、二人が『のぞみ39号』10号車のグリーン車に乗り込みました。私と三田村刑事も、二人を追って、同じ『のぞみ39号』に乗ることにします」

この「のぞみ39号」の京都着は十五時五十一分、新大阪着は十六時〇六分である。

「カメさん、尾西洋次が、何やら妙な動きを始めたぞ」

と、十津川が、亀井に、いった。

「十三時三十分発の『のぞみ39号』のグリーン車に、乗ったんですか？」

「ああ、そうだ。その上、今日は、月曜日だ」

「尾西洋次が、偶然、その列車に乗ったとは、思えませんね。いったい、何をやるつもりなんでしょうか？」

「私とカメさんで、尾西洋次に、会いに行った時、木下正道と姫野理香の名前を出した」

「そうでしたね」

「つまり、私たちが、木下正道と、姫野理香の二人をマークしていることを、教えたということになる」

「確かにそうですが、それを知って、尾西は、どうしようというんでしょうか？」

「自分が犯人でなければ、われわれが口にした木下正道か、姫野理香のどちらかが犯人ではないかと、尾西は、考えたんじゃないだろうか？　そこで、この二人を、脅すことにしたんだ」

「殺された妻の仇《かたき》を、討《う》つためにですか？」

亀井が、きくと、十津川が、笑った。

「尾西洋次は、そんなタマじゃないよ。木下正道か、姫野理香かのどちらか、あるいは、二人を脅して、大金を手に入れようと、しているんじゃないのかね」

「しかし、尾西は、奥さんの莫大な遺産を、手に入れたばかりじゃないですか？　危険なことをして、さらに金を手に入れる必要は、ないんじゃありませんか？」

「人間というのはおかしなもので、急に大金を手に入れると、もっとたくさんの金が、欲しくなるものだよ。いくら金があっても満足しないんだ。木下正道も、姫野理香も、有名人だし、金も持っている。だから、二人を脅して、金を奪おうと思っているのかもしれない。ただ、脅すためには、脅すだけの、理由を考えなくてはならないから、あの日、妻の尾西香里が乗ったのと同じ、『のぞみ39号』に乗ったんじゃないだろうか？」

十津川が、いった。

「尾西洋次は、何かを、調べるために『のぞみ39号』に、乗ったんですか?」

「あくまで推測に過ぎないが、真犯人の立場に立ってみれば、尾西洋次が、月曜日の『のぞみ39号』に乗ったというだけでも、何かあるんじゃないか、何かを知っているんじゃないかと、まず疑うだろうね。つまり、尾西の行動は、真犯人を脅すだけの意味があるんだ」

5

十津川は、木下正道の事務所に、電話をしてみた。しかし、彼は留守ということだった。行き先もわからないという。

次に、もう一人の姫野理香に電話をすると、こちらのほうは、今日はずっと、自宅にいるという。十津川と亀井は、直接、会うことにした。

姫野理香が住んでいるのは、渋谷区広尾にある、高級マンションの一室である。今はやりの超高層マンションではなくて、五階建てのマンションの最上階フロアを全部使った、贅沢《ぜいたく》な暮しをしていた。

豪華絢爛《けんらん》という言葉が、ピッタリ来るような、ゴージャスな部屋である。そこに、姫野理香は、ヨークシャーテリア二匹と一緒に住んでいた。

「たしか、秘書の方が、いらっしゃったはずですが、お休みですか？」

十津川は、部屋の中を見廻した。

「彼女は今、お使いに出ています」

と、理香が、いう。

「今日は、四月五日の月曜日の午後のことで、お伺いしたのですが、その時、あなたは、どこにいらっしゃいましたか？」

「どうして、刑事さんは、私に、そんなことをお聞きになるの？」

「この日、尾西香里さんという、ファッションの世界では、かなり有名な女性が、新大阪から新神戸に向かう新幹線の中で、殺されましてね。私たちは、ファッション関係の方に、話を聞いているんですよ。ちなみに、木下正道さんにも、すでに、話を聞いています」

と、十津川が、いった。

「へえ、木下さんにも聞いたの。彼は、何と、いっていました？」

「木下さんは、四月五日なら、姫路城を舞台にしたファッションのイベントに、ゲストとして参加していたといっていました。それは、裏がとれています。姫野さんは、どうですか？」

「でも、その香里さんって、彼の恋人なんでしょう？」

「彼って、誰ですか？」

「決まっているじゃないの。木下正道さんよ。だから、木下さんに聞くのは分かるけど、何の関係もない、私に聞くのは、どうしてなの？」

「あなただけ特別に、というわけじゃありません。ファッション業界の関係者に、ひとりひとり、聞いているのです。ですから、ぜひ話していただきたい」

十津川が、繰り返した。

「困ったわね。私ね、自分のスケジュールが、自分で分からないの。全部、秘書に任せてあるから。今、その秘書が留守で、四月五日の午後といわれても、すぐには、答えられないわ」

「秘書の方の、お名前を教えていただけませんか？」

「私は、ただカナコって呼んでいるけど。本名は、たしか、山本加奈子《やまもとかなこ》よ」

「四月五日から、まだ一カ月も、経《た》っていません。その日、どこにいたのか、それぐらいのことは、覚えているんじゃありませんか？」

「少なくとも、東京にいなかったことだけは、たしかね。このところ、仕事で、いろいろなところを廻ってるから」

と、理香が、いう。

「それでは、ゆっくりでいいですから、思い出してください。四月五日、あなたは、どこに、いらっしゃったんですか？」

「ちょっと待ってよ。今、ゆっくりでいいっていったばかりじゃないの。そんなに、急《せ》かさないでよ」

理香は、文句をいってから、しばらく考え込んでいたが、

「思い出したわ。四月五日の月曜日なら、神戸にいたわ」

「神戸の、どこですか？」

「神戸に、異人館街というところがあるんだけど、ご存じ？」

「名前だけは、知っていますよ」

「そこで、四月五日の月曜日に、世界の民族衣装についての座談会があったの。新しい民族衣装を作る必要が、あるのか？　古いままでいいのか？　そんなことを話し合う会があって、私、ゲストとして呼ばれたのよ」

「座談会が終わった後、その日は、神戸に泊まったのですか？」

「たしか、次の日に、朝から東京で仕事があったから、遅めの新幹線で、帰ってきたわ。

そう、東京に着いたのは、夜中近くだった。あの日は、何だか、ひどく疲れてしまったのを覚えてる」

と、理香が、いった。

「その催しですが、どこかで紹介されたんですか？」

「こっちでは、やらなかったけど、向こうのテレビ神戸が、放送したはずだわ。会場は、イタリアの人が持っているイタリア館という建物で、普段は、コーヒーショップになっているの。そこを四月五日だけ、臨時休業にしてもらって、神戸や大阪に住んでいらっしゃる、各国の領事館の奥さんたちを集めて、討論したの。なかなか、面白かったわ」

「その座談会の、パンフレットのようなものはありませんか？」

亀井が、きいた。

「あったはずだけど、どこにいったのか、分からないわ。テレビ神戸に電話をすれば、送ってくれるんじゃないの？」

十津川は、その場で、テレビ神戸の電話番号を調べると、携帯を使って、かけてみた。相手が出ると、電話を広報に回してもらい、四月五日の座談会について、パンフレットなど、何か参考となるような資料があれば、すぐに送ってほしい、と頼んだ。

十津川は、その場で確認したかったので、理香の部屋にあるファックスの番号を、そのままテレビ神戸の担当者に伝えた。
七、八分して、テレビ神戸からファックスが送られてきた。
問題の番組は、四月五日の、午後一時から三時までの放送になっていて、タイトルは「新しい民族衣装は、必要か」である。

司会者は、テレビ神戸の、アナウンサーで、出演者は、神戸や大阪にいる領事夫人、国はオランダ、ロシア、インドネシア、ベトナム、パナマである。

メインゲストとして、姫野理香の名前があった。そのほかに、N大学で、民族学を教えている、大川啓介《おおかわけいすけ》という教授も参加している。

十津川は、送られてきたファックスを、理香に見せた。

「これに、間違いはありませんか?」

「ええ、領事館の夫人たちは、皆、それぞれの国の民族衣装を着て出席していたから、きれいだったわよ」

「座談会は、生中継でしたか? それとも、録画ですか?」

「もちろん、生中継よ」

「では、午後三時で終わった後、あなたは、どうしたんですか?」

「久しぶりに関西へ行ったんで、その後、領事夫人たちと一緒に、テレビ局主催の夕食会に出席したわ」

「そのあとは？」

「さっきもいったじゃないの。翌日の朝、東京で仕事があったから、その日のうちに、新幹線で引き返したわ」

「では、何時の新幹線で、東京に帰ってきたのか、教えてもらえませんか？」

「そんなこと、いちいち、覚えているものですか。前もって手配していたわけじゃなくて、新神戸の駅で切符を買ったんですよ。忙しいから、かちっとしたスケジュールなんて、組んでいられないの」

また、理香が、大きな声でいった。

「秘書の加奈子さんですが、今日は、何時頃に、帰ってこられるのですか？」

「それは、ちょっと、分からないわ。あの子、仕事はできるんだけど、わりと、気まぐれなところがあるから。でも、明日になれば、ちゃんと、帰ってきますよ。もし、彼女に、何か聞きたいことがあるのなら、明日また、来てくださいな」

と、理香が、いった。

6

捜査本部に戻ると、十津川はすぐに、「のぞみ39号」に乗っている、三田村と北条早苗刑事に、電話をかけた。

「今、どこだ?」

十津川が、きくと、

「今、名古屋を出たところです」

と、三田村が、答える。

「尾西洋次と高橋紀香の様子はどうだ? 車内で、誰かに会っているようなことは、ないか?」

「いえ、誰にも会っていませんが、新横浜を出て十二、三分したところで、尾西が携帯で、どこかに電話をかけていました」

「相手は分からないか?」

「残念ながら、分かりません」

「時間的には、どのくらいの間、話していたんだ?」

だな？」

「もう一度確認するが、尾西が電話をかけたのは、新横浜を出て、十二、三分してから

「五、六分です」

「そうです」

「新横浜は、何時に、出たんだ？」

「新横浜発は、十三時四十九分です」

「それから十二、三分というと、午後二時ちょうどぐらいだな？」

「そうですが、午後二時に、何か意味があるんですか？」

「四月五日、姫路で開催されたイベントの、ゲストとして参加していた木下正道は、この日、尾西香里に会えなくなったので、『のぞみ39号』に乗っている香里に、会えない旨《むね》の電話をかけた、といっているんだ。それが午後二時だよ。それに、尾西香里と木下正道が、京都で密会する時は、いつも、木下正道が、午後二時に香里に連絡する習慣になっていたようだしね」

「尾西洋次が、午後二時に、どこかに電話をしたのは、その時間だと、分かっていたからでしょうか？」

「分からないが、単なる偶然にしては、ちょっと、出来すぎているような気がするな。

何しろ、わざわざ『のぞみ39号』に乗っているんだからね」

と、十津川が、いった。

ただ、その電話の相手が誰か、どんな会話を交わしたのかまでは、十津川にも想像がつかなかった。

「注意して、尾西洋次と、高橋紀香を見張っていてくれ」

と、いってから、十津川は、電話を切った。

十津川が、今の電話の内容を、そのまま話すと、亀井が、敏感に反応した。

「これは、何かありますね」

と、亀井が、いう。

「今日、『のぞみ39号』の車内から、午後二時に、どこかに電話をした。その相手が、木下正道だとすると、尾西は、明らかに何かを知っていて、木下正道を、脅そうとしているのかもしれない」

「しかし、今までのところ、尾西は、香里に隠れて浮気をしていたわけで、奥さんと木下の関係は、事件まで、分からなかったんじゃありませんか？」

「たしかに、カメさんのいう通りなんだ。尾西洋次は、香里の浮気については、何も知らなかったとしか、考えようがない。しかし、今日の行動を見る限り、前から知っていたんじゃないか、と思ってしまう」

「ひょっとすると、携帯電話じゃありませんか？」

亀井が、ポツリといった。

「そうか、奥さんの携帯電話か」

「そうです」

「『こだま』の車内で、尾西香里の死体が発見された時、携帯は、見つかっていないんだ。たぶん、記録されているデータを見られてはまずい犯人が、持ち去ったんだろう」

「そうですね。どう考えても、犯人が、尾西香里の携帯を、持ち去ったとしか考えられませんね」

「そうなんだよ」

と、いった後、十津川は続けて、

「尾西香里だが、何かの雑誌に、携帯電話は、ずっと、東京通信のものを使っている、と書いてあった」

「私も、東京通信の携帯を、使っていますよ」

と、亀井が、いった。

「たしか、東京通信の携帯は、四月一日に、新機種が発売になったはずなんだ」

「もしかすると、尾西香里は、四月一日に、携帯を新機種に変えたかもしれませんね。彼女の性格なら、最新機種に飛びつくでしょう。今は、古い携帯は、返さなくてもいいわけですから、それが、六本木のマンションに残っていて、尾西洋次が、何らかの情報を、手に入れたのではないですか?」

「そうなんだよ。機種変更の際、古い携帯のメモリーやデータは、新しい携帯に移されるが、着信記録は移行されない。だが、古いほうには、過去の着信履歴は残ったままなんだ。尾西洋次は、それを調べたにちがいない。そして、月曜日の午後二時に、いつも木下正道から、携帯へ連絡がきていたのを、知ったんだ」

「では、尾西洋次は、妻の香里と、木下正道との関係を知って、木下を、脅そうとしているわけですか?」

「その可能性はある。今日、あの日と同じ『のぞみ39号』に乗って、関西に向かっているんだよ。午後二時に、車内から木下正道に電話したんだろう。つまり、俺は、あんたの秘密を知っているんだぞ、ということを、木下にそれとなく伝えているんじゃないか」

「これから、どうしますか?」

「現在、三田村と北条早苗の二人が尾行しているから、その報告次第だな。私としては、尾西と、今一緒にいる高橋紀香という女のことを、詳しく知りたいね。今、私に分かっているのは、彼女が二十五歳で、売れないモデルということぐらいだからね。調べれば、何か面白いことが分かるかもしれない」

十津川は、西本と日下の二人を呼んで、高橋紀香について、もっと詳しく調べるように指示した。

7

高橋紀香は、ＭＭＣという、モデルクラブに入っていた。

西本と日下の二人は、表参道にある、ＭＭＣの事務所を訪ねてみることにした。二人は、山野《やまの》という、広報担当の男に会った。

山野は、ＭＭＣに所属している全《すべ》てのモデルの写真を、見せてくれた。その中に、間違いなく、高橋紀香の写真も、あった。

プロフィールには、彼女は、千葉県船橋市の生まれで、千葉県内の高校を卒業した後、都内にあるモデルの養成学校に入学、そこを出た後、モデルとして、ＭＭＣに所属するようになった、と書かれてあった。

「彼女は、なかなかの美人ですが、あまり売れていないと聞きました。その理由は、何ですかね？」

と、西本が、きいた。

「モデルが、売れるか、売れないかは、たぶんに運がありますね。有名デザイナーの好みの顔だったら、そのデザイナーの引きで、イベントに出る回数も増えますから、自然に、名前も売れてきます。反対に、いくら美人で、スタイルがよくても、有名デザイナーの好みに合っていなければ、ダメなのです」

と、山野が、いった。

「それでは、高橋紀香は、有名デザイナーの好みの顔ではない、ということですか？」

日下が、きいた。

「それも、ありますが、彼女には、ちょっとばかり、問題もありましてね」

と、山野がいう。

「問題といいますと、いったい、どんな問題ですか？　男関係ですか？」

「そっちのほうも、多少は、ありますね。それに、彼女が、アダルトビデオに出たという噂も、ありましてね。現在、詳しく調べているところです。ＭＭＣでは、アダルトビデオに出るなど、一切、認めていませんから、本当に出演していたら、辞めてもらいます」

　山野が、いった。

「今、山野さんは、彼女には、男関係に問題があるとおっしゃいましたが、それは、男にだらしがないということですか？　彼女は、どんな男と、問題を起こしたことが、あるんですか？」

「真偽のほどは、分かりませんが、何人かの男性と、噂が立ったことは、間違いありません」

「その中に、木下正道さんもいるのではありませんか？」

　日下がきくと、山野は「えっ」という顔になった。

「刑事さんは、ご存じなんですか？」

「いや、そういう話を、聞いただけです」

「しかし、木下正道との関係は、とっくに、切れているはずですよ。噂になったのは、一年ぐらい前ですから」

「現在、彼女は、尾西洋次という男のマンションに、入り浸っているようなのですが、ご存じですか？」

　と、西本が、きいた。

「その噂は、聞いていますが、確認はしておりません」

と、山野が、いう。

「高橋紀香は、どんな女性ですか？」

「彼女が、何か、警察のご厄介になるような問題を、起こしたんですか？」

「いや、何も起こしていませんよ。ただ、尾西洋次の奥さんが、先日、殺されたのです。その後釜《あとがま》に入るような形で、彼女は彼のマンションにいるので、こちらとしては、どんな女性なのかを、調べておく必要が出てきたという、それだけのことです」

と、西本が、いった。

「私も、高橋紀香という女性について、詳しくは、知りません。直接、マネージメントを担当している訳ではありませんし。それに、ウチには、何人ものモデルがいて、そっちに比べたら、彼女には、ほとんど仕事がいっていませんからね」

「それでは、彼女のことをよく知っている、友だちのモデルを、ぜひ紹介していただけませんか？」

日下が頼むと、山野は、三浦美由紀《みうらみゆき》という名前を出した。同じく二十五歳の、現在、通販のコマーシャルに出ているという、ＭＭＣ所属のモデルだった。

今日は、新宿の西口にあるスタジオで、そのコマーシャルを撮っているはずだという。

二人の刑事は、西新宿に向かって、すぐパトカーを走らせた。

ビルの三階にあるスタジオだった。二人が行った時は、まだ、コマーシャルの撮影中で、控室で十五、六分待たされた。

その後、撮影が済んだ三浦美由紀を、二人は、そのビルの一階にある、喫茶店に連れていった。

「高橋紀香さんのことを、お聞きしたいんですがね」

西本が、口を開くと、三浦美由紀は、驚いたような顔になって、

「彼女、また、何かしでかしたんですか？」

と、いう。

すぐに、こういう言葉が返ってくるところを見ると、高橋紀香という女は、これまでにも、何回か、問題を起こしてきたのだろう。

「彼女とは、いつ頃からのつき合いですか？」

「二年前に、私は、ＭＭＣに入ったんですけど、その頃、ほとんど一緒に、彼女も入ってきたのです。それで知り合いました。当時は、お互いにお金がなくて、笹塚の１Ｋのマンションに、二人で住んでいました。部屋代を、二人で分け合っていたんです。今は、別々に住んでいますけど」

「高橋紀香さんは、一言でいうと、どんな女性ですか？」

西本がきくと、美由紀は少し考えてから、

「欲張り」

と、いった。

「欲張り、ですか？」

「ええ、いつも、お金を、欲しがっていました。もちろん、お金を欲しがるのは、悪いことでは、ないんですけど、彼女の場合は、地道にモデルの仕事をやって、お金を稼ごうというんじゃないんです。少しばかり危ないことだって、お金のためになるのなら、やってやろうというところがあって、アダルトビデオへの出演だって、お金が欲しいから、引き受けたんだといっていました。ＭＭＣにいられなくなるよ、といっても、駄目なんです。そんな女性なんですよ」

と、美由紀が、いった。

「彼女の男性関係ですが、昔、木下正道さんと、付き合っていたと、ＭＭＣの広報担当の人がいっていたんですが、そのことは、ご存じでしたか？」

「ええ、もちろん」

「誰に聞いたんですか？」

西本が、聞くと、美由紀は、笑って、

「本人から聞きました。当時は、彼女は、そのことを、やたらに自慢していましたから。何人もの人が知っていたんじゃないかしら？　きっと、木下正道さんがイヤがるだろうと思っていたら、やっぱり、すぐに別れてしまいましたよ。でも、彼女、その時、かなりの額の手切れ金を、手にしたんじゃないかしら」

と、美由紀が、いった。

「彼女が別れるとき、木下正道さんを脅した、ということですか？」

「詳しくは、分かりません。でも、手切れ金を要求したのは、本当らしいですよ。彼女は、何もいわなかったけれど」

と、美由紀が、いった。

「現在、高橋紀香さんは、尾西洋次という男性と付き合っているんですが、彼は、先日、奥さんを殺されているんです。そのことは、ご存じですか？」

「ええ、知っています」

「それも、本人から聞いたんですか？」

「ええ、何かの時に、彼女に会って、今どうしているのかと聞いたら、今、面白い具合なの、奥さんを殺されて、その遺産で大金持ちになった人と一緒にいる、そんな話をしてくれたんですよ。だから、知っているんです」

「彼女は、ある程度の、お金が貯《た》まれば、それで満足するほうですか？　それとも、一層、お金を欲しがる女性ですか？」

西本が、きくと、美由紀が、また笑って、

「あの人の欲張りは、底なし。きりがないんです」

とだけ、いった。

8

大雑把だが、高橋紀香という女の、性格と行動が、分かったような気がした。

十津川は、西本と日下の二人の報告を聞いた後、亀井に向かって、

「どうやら、尾西洋次を、高橋紀香がけしかけたような、気がするね」

「図式が描けそうですね。高橋紀香は、一年前まで、木下正道と付き合っていた。彼の女だった。一方、尾西洋次は、妻が残した古い携帯から、木下正道との関係を知った。つまり、尾西洋次も、今、同棲《どうせい》している高橋紀香も、二人とも、木下正道のことを、よく知っているわけですよ。その上、木下正道は有名人で、資産家でもあります。そうな

れば、欲張りの高橋紀香が、尾西をけしかけて、木下正道を脅して、金を取ってやろうと、考えたとしても、不思議じゃありませんよ」

と、亀井が、いった。

「私も、その考えに賛成なんだが、姫野理香のことも、気になる。問題は、尾西と高橋紀香の二人が、木下正道と姫野理香の本当の関係を、知っているかどうかだな。二人は仲が悪くて、憎しみ合っていると誤解していれば、話が変わってくる」

と、十津川が、いった。

十津川は、時計に目をやった。

現在、十六時ちょうど。問題の「のぞみ39号」が、新大阪に到着するのは、十六時〇六分である。

そこで、十津川は、その列車に乗っている三田村と北条早苗の二人に、電話をかけた。すぐに、北条早苗が出た。

「間もなく『のぞみ39号』が、新大阪に着くはずだ。二人の動きはどうだ？　何か、変わったことはないか？」

十津川が、きくと、

「今、仕度を始めていますから、間違いなく、新大阪で降りるものと思われます」

「さっき電話した時には、誰も、二人には、会いに来ていないといっていたが、それは変わらないか？」

「そうです。二人の席に、誰かが来た様子は、ありませんし、あの後、どこにも電話をしていません」

と、北条早苗が、いった。

「ひょっとすると、新大阪で、誰かに会うかもしれないな。もし、二人に近づいてくる人物がいたら、その相手の写真を撮っておいてくれないか？」

と、十津川が、いった。

十六時三十分、今度は、北条早苗のほうから電話が入った。

「例の二人ですが、新大阪で降りました。現在、駅の構内にある喫茶ルームに入っています」

「それで、新大阪の駅には、誰かが迎えに来ていたか？」

と、十津川が、きいた。

「いえ、迎えには来ていません。でも、駅構内の喫茶ルームで、三十代の女性が、二人のテーブルに寄ってきて、何か話を始めました」

と、北条早苗が、いった。

「その女性だが、今までに見た顔か？」

「いえ、事件関係の人間の中には、見なかった顔です」

「その女性は、二人と親しそうに、話をしているのか？」

「親しそうには、見えません。ただ、何か話をしているだけです」

「写真は、撮ったか？」

「はい、撮りました」

「その写真だが、こちらに送ってくれないか？　君の携帯で、撮ったのか？」

「そうです。これから、そちらのパソコンに送ります」

と、早苗が、いった。
五、六分して、捜査本部のパソコンに、北条早苗から、写真が三枚、送られてきた。
どの写真にも、尾西洋次、高橋紀香、そして、三十代の女性、この三人が一つのテーブルを囲んで、コーヒーを飲んだり、何かを話したりしている光景が写っていた。

たしかに、その三十代の女性は、今回の事件が始まってから、十津川が初めて見る顔である。

その写真三枚を、亀井も、覗き込むように見てから、

「新顔ですね」

と、いった。

十津川は、尾西洋次が午後二時頃、「のぞみ39号」の車内から、どこかに、電話をかけたと聞いた時、相手は、木下正道ではないかと思った。四月五日の問題の日に、木下正道は、午後二時、「のぞみ39号」に乗っている尾西香里に、電話をしたといっていたからである。そして、木下正道が、新大阪駅に、尾西たちを迎えに来ているのではないかと、そう推測していた。

しかし、それは、違っていた。

十津川は、何回か、木下正道に会っている。その時、彼のそばに女性の秘書がいたが、この三十代の女性は、彼女でもなかった。

いったい、誰なのか？

「分かりませんね」

と、亀井が、首を傾《かし》げた。

「この三十代の女性に会うために、尾西洋次と高橋紀香の二人は、わざわざ『のぞみ39号』に乗って、新大阪に行ったんでしょうか？」

「尾西洋次も、まだ新人の作家だし、高橋紀香だって、売れないモデルで、一般の人には、全く知られていない。したがって、二人のファンが、新大阪で声をかけてきたとは、考えられないね。だとすると、尾西洋次と高橋紀香は、この三十代の女性に会うために、新大阪に行ったんだ」

と、十津川は、結論づけた。

十津川の携帯が、鳴った。今度は三田村刑事からだった。

「今、尾西洋次たちが喫茶室を出て、新大阪駅の玄関口に歩いていきます。たぶん、そこでタクシーを拾うのではないかと思うので、このまま、尾行を続けます」

「三十代の女性も一緒なのか？」

「そうです」

と、三田村が、いった。

その後しばらく、三田村と北条早苗からの連絡は、なかった。

一時間半ほどして、北条早苗から連絡が入った。

「今、姫路城の近くにいます」

と、早苗が、いう。

「今も、三人は一緒なんだな？」

「そうです」

「それで、三人は、何をしているんだ？」

「タクシーから降りて、姫路城を写真に撮っています」

そして、五、六分が過ぎた時、

「今、三人が、タクシーに乗りました。こちらも尾行します」

と、早苗が、いった。

さらに一時間ほどした後で、今度は、三田村が電話をしてきた。

「今、神戸の市内に入っています」

「神戸市内の、どこにいるんだ？」

「今、山手の方向に、タクシーが進んでいます。このまま行くと、有名な、異人館街に着くと思われます」

と、三田村が、いった。

十津川は、チラリと、亀井に目をやった。

「間違いなく、三人は、神戸の、異人館街に向かっている」

「こうなると三人は、姫野理香のことも、よく知っていることになりますね」

と、亀井が、いった。

それを、裏付けるように、五、六分すると、また、三田村から電話が入って、

「今、異人館街の坂の途中で、タクシーを停め、三人が降りていきました。異人館街の

イタリア館に、入っていきます」

（やはり、間違いない）

と、十津川は、思った。

四月五日に、神戸の異人館街のイタリア館で、民族衣装についての座談会があり、その模様が、テレビで生放送された。問題の三人は、ゲストとして、姫野理香が出ていたことを、明らかに知っていて、イタリア館を見に来たのではないのか。

第七章　浮気の果て

1

　この後、尾西洋次、高橋紀香、そして謎《なぞ》の三十代の女性の三人は、タクシーで新神戸駅まで戻っている。

　三田村刑事からの報告によれば、三人は、現在、駅前にあるニューグランドホテルにチェックインしたという。

「四月五日に、ニューグランドホテルで、なにかイベントがなかったか、至急調べてくれ」

　と、十津川が、いった。

　三十分ほどして、三田村刑事から、回答があった。

「四月五日に、神戸のイタリア館で行われた、例の民族衣装の座談会ですが、当日、その主催者が、このニューグランドホテルの部屋を五室、借りているのです」

　と、三田村が、いった。

「つまり、イベントに出席した各国の領事夫人のために、ホテルの部屋を用意したわけだね？」

「ええ、でも、それだけではありません」

　と、今度は、北条早苗がいった。

「たしかに、主催者は、各国の領事夫人のために、このホテルの客室を取りましたが、ほかに、特別室を一室、用意していたことが分かりました」

「それは、何のためだ？」

「イベントにゲスト出演した、姫野理香のためです。彼女から、どんなに忙しくても、一日に一時間は、美容のための時間が欲しいという条件があったので、主催者は、ニューグランドホテルの特別室を、そのために用意したことが分かりました。姫野理香は、四月五日の、午後四時から五時までの一時間、特別室で、休息しています。これは、いつも姫野理香が、要求することなので、関係者の間では、『リカのシエスタ』と呼ばれているそうですが」

　と、北条早苗が、いった。

「なるほど。そういうことか。ああ、こちらでもたった今、分かったことがあるよ」

と、十津川が、いった。

「尾西洋次と一緒にいる三十代の女性だが、君たちが送ってくれた写真から、四月五日のイベントで、日本の民族衣装である和服を着て参加をしていた、モデルだということが判明した。今日は、洋服を着ていて、しかも日本髪でもなかったから、ちょっと見ただけでは、分からなかったんだ」

「尾西洋次と高橋紀香の二人は、その三十代の女性に、当日の理香のことを、いろいろと聞いているのかも知れません」

「そして、木下正道と理香を、脅迫するつもりじゃないか」

十津川は、電話を切ると、時刻表を取り出して、東海道・山陽新幹線の上りのページを開いた。

姫野理香が、四月五日に、尾西香里を殺した、と考えてみる。

理香は、「リカのシエスタ」と称して、午後四時から午後五時までの一時間、新神戸駅前のニューグランドホテルの特別室に、閉じこもった。

問題は、その一時間の間に、新大阪まで行き、新大阪発十六時三十八分の「こだま757号」の車内で、尾西香里を殺し、新神戸のホテルに戻ってこられるかどうか、ということである。

時刻表を調べてみると、新神戸発で新大阪に向かう新幹線は、二本あった。

十六時〇二分
十六時〇八分
十六時〇二分の「のぞみ128号」に乗ると、新大阪に着くのは、十六時十五分。そして、十六時〇八分の「ひかり566号」に乗ると、新大阪に着くのは、十六時二十一分である。

この二本とも、十六時三十八分、新大阪発の「こだま757号」に間に合うのである。

また、この「こだま」の、新神戸着は十六時五十三分。となれば、駅前にあるニューグランドホテルに、十七時、午後五時までに戻ってくることは、十分に、可能だった。

そして、目立たぬように部屋に戻り、迎えに来た主催者に向かって、「たっぷり美容の時間がとれたので、張り切って、次の仕事ができるわ」とでも、話したに違いない。

「逆に考えれば、こういうことなんだ」

十津川は、亀井に向かって、いった。

「もし、姫野理香が、四月五日の殺人事件の犯人だとすれば、被害者の尾西香里を、何があっても、新大阪発十六時三十八分の『こだま757号』に乗せなければならなかった。そうしなければ、殺人は不可能だからね」

「しかし、尾西香里は、いつも『のぞみ』に乗っていて、滅多に『こだま』には乗らなかったんじゃありませんか？」

「その点だが、木下正道が、当日、午後二時に電話をした件があるじゃないか。この前、木下正道は、『のぞみ39号』の車内にいた尾西香里に携帯をかけ、今日は、仕事が入ったので会えないと伝えた、といっていた。香里は、大阪と神戸の自分の店を回って帰ると答えたそうだな。それは本当かもしれないが、その後があるね」

「そうでしょうね、おそらく、木下正道は、新大阪駅で降りた尾西香里にまた電話をかけて、都合がついたから、今日会えることになった、といったに、ちがいありません」

「その通りだと思う。ただ、神戸にいるので、新神戸駅のホームで、十七時ちょうどに待っている。だから、君は、十六時三十八分、新大阪発の『こだま757号』に、乗ってきてくれ。そうしたら、新神戸のホームで会える。そんなことを、いったんだと思うね。次の『のぞみ111号』には間に合わない時間を見計らって、木下正道が連絡してきたので、尾西香里も、いつもは乗らない『こだま』に乗ったんだよ」

と、十津川は、断定した。

2

午後六時すぎになって、北条早苗から、電話が入った。

「今、三人は、ホテルの最上階にあるレストランで、食事をしています」

その言葉に、十津川は、しばらく黙って、考え込んでいた。

「三人がチェックインした部屋は、分かっているのか？」

「もちろん、分かっています。尾西洋次と高橋紀香の二人は、ツインの部屋を取り、もう一人の女性は、シングルの部屋に入っています」

「君は、ボイスレコーダーを、持ってきているか？」

「はい。私も三田村刑事も、念のために持ってきています」

「それは、何時間、録音できるんだ？」

「私の持っているものは、最長で、十五時間録音できます」

「それを、尾西洋次と高橋紀香の部屋に、仕掛けることはできるか？」

「はい。ホテル側が協力してくれれば、もちろん可能ですが、それはまずいんじゃないですか？　法律に触れてしまいます」

「そんな捜査が許されていないことは、もちろん承知の上だ。もしもの時の責任は、私が取る」

十津川は、短く、いった。

北条早苗が、尾西洋次と高橋紀香の部屋に仕掛けた、ボイスレコーダーが功を奏し、その結果が分かったのは、翌朝になってからだった。

三人が最上階のレストランで朝食を取っている間に、三田村と北条早苗の二人は、仕掛けておいたボイスレコーダーを、部屋から回収し、その肝心な部分を、十津川に報告してくれた。

「これには、尾西洋次が姫野理香に携帯をかけているところが、録音されています。残念ながら、相手の声は、入っていません。時間は、昨夜の午後十一時前後と思われます」

録音された音声のデータは、すぐ捜査本部のパソコンに送られてきた。

「姫野理香さんですね？　尾西洋次です。妻の香里を殺された男ですよ」

「今、誰が僕の妻を殺したか、調べているんです。事件のあった四月五日、あなたが、神戸の異人館の一つで、民族衣装についての座談会に、ゲスト出演していたのが、わかりましたよ」

「四月五日、あなたが『こだま』の車内で、僕の妻を殺したんでしょう」

「いや、否定してもダメですよ。間違いないんですから。僕が、どこから電話をかけていると思います？　新神戸駅の前にある、ニューグランドホテルですよ。姫野理香さん、あなたは当日、このホテルの特別室で、午後四時から五時までの間、美容の時間を取っています。その一時間の間に、あなたは、新幹線で新大阪へ行き、『こだま757号』に乗って、僕の妻を殺し、午後五時までに、ホテルに戻ってきたんですよ。時間的に、十分可能なことが分かったんです」

「いや、警察なんかには話しませんよ。そんなバカなこと、僕がするわけないじゃありませんか。ただし、僕が黙っていることに対して、口止め料を払っていただきたい。そう思っているだけですよ」

「あなた一人で、決められないのなら、木下正道さんと、相談してくださいよ。あなたと木下正道さんが、実は、いい仲だということも、分かっているんです」

「そうですね。明日、関西のどこかで、お二人にお会いしましょうか？　その時に、いろいろと、これからのことを、ご相談したいと思っているんですよ」

「ええ、明日の朝まで、時間は十分ありますからね。木下正道さんと、じっくり、相談してみてくださいよ。お二人でならば、いくらでも、払えるんじゃありませんか？」

次に、翌日の午前七時をすぎた頃、今度は、外からかかってきた電話に、尾西洋次が出ている。

「尾西です。ああ、木下さんですか。やっぱり、姫野理香さんから、そちらに電話が行きましたか」

「とにかく、僕たちは、警察に、お二人のことを話すつもりは、全くありませんよ。その点は、安心してください。とにかく、僕たちが欲しいのは、お金でしてね。日本、いや、世界でも有名な、お二人なんですから、こちらが要求する金額なんて、すぐに、用意できるんじゃありませんか？　それを期待して、じっくりお話ししたいと、思っているんです」

「お返事をいただく時間は、本日の正午、それでどうですか？」

「場所は、関西がいいですね。何しろ、僕の妻は、新大阪と新神戸の間を走っていた、『こだま』の中で殺されたんですから」

「ああ、京都ですか。西陣にある木下さんの別宅ですか。いいですね。あのお宅には、妻も何回か、お邪魔しているでしょう。いや、これは、皮肉なんかじゃありませんよ」

「分かりました。ええ、場所は、知っています。それでは、今日の正午ちょうどに、お会いしましょう」

「いらっしゃるのは、木下正道さん一人ですか？」

「そうですか。やっぱり、姫野理香さんも一緒ですか。それなら、なおさら話しやすいし、話が早いですね。では、正午にお邪魔します。楽しみにしていますよ。それから、念のために、申し上げておきますが、もし、そちらが変なことを考えたら、こちらも、何をするか、責任が持てませんからね」


「よし、われわれも京都に行こう」

十津川は、すぐに決断した。亀井と二人、東京発九時ちょうどの「のぞみ215号」に乗って、京都に向かった。

京都着十一時二十一分。

すぐタクシーで、西陣にある、木下正道の別宅に向かった。

西陣の辺りは、小さな古い家が立て込んでいて、人家と人家とが、隣接している。

十津川と亀井は、木下の別宅の隣りを訪ね、警察手帳を見せ、事情を話して、家の中に、入れてもらった。

十津川と亀井が、東京の捜査本部から用意してきたのは、壁越しに、隣りの家の会話を盗聴できる装置だった。それを、壁の四カ所に取り付けた。

木下正道と尾西洋次が、別宅のどの部屋で話をするのか、分からなかったからである。

3

十二時きっかりに、十津川と亀井の耳へ、まず、尾西洋次の声が、飛び込んできた。

「こんにちは」

尾西洋次の声は、少し緊張しているように、聞こえた。

「いらっしゃい」

木下正道の声は、落ち着き払っている。

「京都らしい、いい趣の家ですね。さすがに、木下さんだ。僕は、この辺りに来るのが初めてなんですよ。妻は、何回も、お邪魔しているようですが」

そして、お互いの自己紹介が始まる。

「こちらは、今、僕と一緒に住んでいる、高橋紀香さん。ああ、そうでした、たしか、木下さんとは、以前から、顔なじみでしたよね？　それから、もう一人、こちらの方は、青木《あおき》ゆかりさん。彼女のことは、後で詳しくご紹介しましょう」

これに対して、木下正道が、

「こちらは、姫野理香さん。もちろん、ご存じですよね？」

「もちろん、知っていますとも。有名人ですからね」

「本当に素敵。私たちよりも、女性として魅力的だわ」

と、女の声がした。これは、高橋紀香の声らしい。

その後、二、三分の沈黙があった。その間、かすかに食器の音がしたので、姫野理香が、コーヒーでも出したと考えられる。

「話し合いの前に、バッグの中身を拝見できませんか？　物騒なものをお持ちだったり、ここでの会話を録音されたりすると、困りますからね」

と、木下正道の声が、いった。

「ええ、いいですとも」

尾西洋次が、いう。

「安心してください。そんなものは、持ってきていませんよ」

そして、また二、三分の沈黙があった。

「どうですか？　納得されましたか？」

「ええ、変なものは、お持ちではないようだ」

「こちらも、ヘタをすると、警察に逮捕されてしまうかもしれませんからね。まさか、この部屋に、盗聴器だとか、隠しカメラを仕掛けていないでしょうね？」

「それなら、納得がいくまで、好きなだけ調べたらいいわ」

その声の主は、姫野理香だった。

今度は、十分以上の長い沈黙が続いた。その間、ガタゴトと、何かを移動させたり、持ち上げたりしているかのような、音が聞こえていた。

その後で、尾西の声がいった。

「何にもないようですね。考えてみれば、いずれにしても、木下さんの不利になるような話になるわけだから、それを録音しても仕方なかったですね」

「じゃあ、手短に済ませませんか？　電話では、四月五日に、私があなたの奥さん、尾西香里さんを殺した、といっていましたけど、どういう根拠があるんですか？」

と、理香が、いった。

「昨日、三人で、異人館街のイタリア館に、行ってみました。四月五日に、そこで民族衣装のイベントがあり、姫野理香さんはゲストで出演した。そうでしたね？」

「ええ、そうよ」

「その日に、僕の妻が殺されました。理香さんは、あの日、民族衣装の座談会に出席した後、午後四時から五時まで、新神戸駅の駅前にある、ニューグランドホテルの特別室で、休憩を取っています。あなたがいつも口にしている、美容の時間ですよ。『リカのシエスタ』という人もいるようですね。その一時間の間に、果たして、あなたが僕の妻を殺せたかどうか、調べてみたんですよ。そうしたら、十分に、可能だということが分かりました。あなたは、大切な美容の時間だから、その間、誰も邪魔せず、起こしたりはしないようにしてほしいと、イベントのスタッフに伝えていた。でも、すぐに部屋を抜け出して、新神戸駅から新幹線で、新大阪に向かったんですよ。この時間帯、時刻表で確認すると、二本も使える列車があるんです。新神戸発十六時〇二分で、十六時十五分に新大阪に着く『のぞみ128号』、十六時〇八分発で、十六時二十一分に着く『ひかり566号』、この二本のどちらに乗っても、十六時三十八分新大阪発の『こだま』に、余裕で間に合うんですよ。『こだま』の車内で、僕の妻を殺して、十六時五十三分に新神戸へ着く。駅のすぐ目の前にあるホテルだから、急げば、十七時、午後五時までに、自分の部屋に戻れる。そして、いかにも休養をとったような顔をして、あなたは、六時からの夕食会に出席したんですよ」

「たしかに、時間的には、可能かもしれないけど、どうして、私がわざわざ、新大阪まで戻って、『こだま』の中で、あなたの奥さんを殺さなきゃならないの。それを証明することが、できるのかしら？」

姫野理香が、言い返す。

「ということは、あなたは、午後四時から五時までの一時間、間違いなく、特別室にいたということですか？」

「もちろん、そうよ。私、あの日はいつものように、一時間ゆっくりと、休憩を取ったのよ」

「残念ながら、それは証明できないと思いますよ」

と、尾西洋次が、いう。

「どうして？」

「実はですね、こちらにいる青木ゆかりさんは、あの日、例の民族衣装のイベントで、和服のモデルとして、日本髪を結って参加していたんですよ。彼女が、四時半に、あなたの部屋に電話をしているんですよ」

「えっ、そうなの？　あの時と随分、印象が違うのね」

姫野理香の驚いた声がした。続いて、青木ゆかりといわれた女性の声で、

「あの日、主催者の方が、どうしても、すぐに理香さんと話をしたい、といってきたんです。でも、大切な美容の時間だから、どうしたらいいのかと、スタッフが困ってしまった。私は、理香さんに叱《しか》られてもいいと思って、ニューグランドホテルの、特別室に電話をしたんですよ。時間は、午後四時半頃でした。三回かけました。でも、誰も出ませんでした。つまり、あの時、理香さんは、部屋にはいなかったんですよ。もちろん、フロントを通しましたから、係の人が覚えているはずです」

「たしかに三回、電話が鳴ったのは覚えているわ。でも、誰にも邪魔されたくなかったから、電話には、出なかった。それだけのことよ」

と、姫野理香が、いった。

それに対して、女の高笑いが聞こえた。笑ったのは、高橋紀香らしい。

「今、青木ゆかりさんが、午後四時半頃、三回も、あの部屋に電話をしたといったけど、実は、ウソなんですよ。もし、理香さんが、一度も電話なんてかかってこなかったといったら、私たちとしては、困ったことになると思っていたんですけど、まんまと、引っ掛かりましたね。午後四時半頃、電話が鳴った。しかも、三回も鳴ったと、今、あなたは、はっきりと、そうおっしゃった。しかし、本当は電話など一度もしていない。これで、理香さんが、その時、あの部屋にいなかったことが、証明できたんじゃないのかしら？」

「何なのよ。これって！」

と、理香が、叫ぶ。

「落ち着いて、理香さん。ここでいくら反論したって、われわれが不利なことには、変わりがない」

と、今度は木下正道の声がした。

「さすが、木下さんだ」

これは、尾西洋次の声だった。

4

「たしかに、理香さんにはアリバイはないが、どうして、尾西洋次さん、あなたの奥さんである香里さんを、殺さなくてはならないんですかね？　彼女を殺す、その動機が、ないんじゃありませんか？　僕はね、かつて一度でも愛した女性を、殺すことなんてできない。そこにいる高橋紀香さんだって、分かっているはずだ」

と、木下正道が、きいている。

「その通り。たしかに、ただ男と女の関係だけなら、殺すような動機はないでしょう」

尾西洋次がいい、一瞬の間を置いた後、さらに続けた。

「たしかに、僕の妻、香里と、木下さんとの関係は、単なる浮気ですからね。正直にいえば、僕だって、浮気をしていたわけだから、それを咎《とが》めることはできません。しかも、木下さんともあろう人が、姫野理香さんを使って、ただの浮気の相手を殺すとは思えない。第一、木下さんは、戸籍上は独身なんですから、僕にばれなきゃ、別に構わないわけですよね？　ところで、香里が、四月一日に、携帯を新しい機種に変えていましてね。その携帯はなくなってしまいましたが、古いほうのデータが、パソコンに保存されていたので、中を見てみたんですよ。そこに、妻と木下さんとの会話の録音が保存されていました。そのデータを持ってきましたから、聞いてください。いいですか、これは、間違いなく、あなたと妻との会話ですよ」

カチッという音に続き、その録音の部分が、聞こえてきた。

「木下先生ですか？　香里です」

「こんな夜遅くに、何の用かね？」

「先生、最近、私に、少し冷たいんじゃないかしら？　もう私に飽きたんですか？」

「いや、そんなはずないじゃないか。ただ、こちらも、いろいろと、仕事が忙しくてね。なかなか、時間が取れないんだ」

「昨日、私たちが京都のお宅にいた時、先生が、三十分くらい留守にしたでしょう？　退屈しのぎに、先生の仕事部屋に入ってみたの。そうしたら、変な手帳が見つかって、その中に、人に知られては困るようなことが、書いてあったんですよ。こういえば、大体分かるでしょう？　先生は、この五年間、十五億円近い収入があったのに、それを正直に申告していなかった。あの手帳は、いわば裏帳簿みたいなものでしょう？」

「つまらないものを、見つけたものだね。それで、どうするつもりかね？」

「私に冷たくしたら、そのことを、公表しますから」

「公表してもいいよ。いいかね、脱税をする人間なんて、この世の中に、たくさんいるんだ。それが見つかったら、修正申告すればいいんだよ。重加算税も払って、申し訳なかったと謝れば、全部、済んでしまうんだ。だから、君が公表したかったら、勝手に公表したまえ」

「本当に、公表してもいいんですか？」

「ああ、いいとも」

「でも、先生が、手帳に書いているのは、それだけじゃないでしょう？　先生に脱税指南をした、税理士の方がいましたよね？　名前は谷田肇《たにだはじめ》さんでしたっけ。手帳に、ちゃんと、書いてありましたよ。その方が、一カ月前に、自殺されているんですよね？　先生と一緒に東尋坊に旅行して、その時に、崖《がけ》の上から、身を投げて死んでいる。新聞で調べたら、谷田さんには、自殺をするような理由がないし、遺書もなかったから、警察は、先生のことを疑った。そうなんでしょう？　今も、先生は、疑われているんじゃないですか？　しかも、先生は、谷田さんが、あまり気乗りがしないのに、強引に東尋坊に連れていった。そうなんでしょう？　先生と関係のある私が、このことを、世間に公表したら、先生の立場は、困ったことに、なるんじゃありません？　その手帳ですけど、大事なところは、携帯のカメラを使って、全部写しておきましたからね。慌《あわ》てて、始末しても無駄ですよ」

十秒近く沈黙が続いた。

「どうして、黙ってしまったんですか？　私ね、実のところをいうと、主人の尾西とは別れようと、思っているんです。あの人、才能はないし、一緒にいても、面白くないから。主人と別れて、先生と一緒になりたい。どうかしら、このこと、先生、真面目に考えておいてくださいね」

「分かった。考えておこう」

「私が尾西と別れて、先生と結婚したら、先生も、得をするんじゃありません？　そのことを、よく考えておいてくださいね」


再び、カチッという音が響いた。


「どうですか、木下さん。この音声と、妻が携帯のカメラを使って撮っておいた、先生の手帳を公表したら、ずいぶんと、喜ぶ人がいるんじゃありませんか？」

「僕はね、今までに人を殺したことなんてないんだよ。それに、脱税の件だが、もうきちんと、片付いている」

「確かに、そうですね。僕が調べたところ、妻が殺された三日後、木下さんは、わざわざ自分から税務署に出向いて、修正申告を行い、重加算税も支払っています。だから、安心なんですか？　でも、妻と木下さんとの会話と、手帳の写真を公表したら、どういうことになりますかね？　警察が、興味を持つんじゃないですか？」

「君は、僕のことを、相当調べたようだね」

「ええ、かなり大変でしたよ」

「そうなると、これから先は、いわば、ビジネスの話になるわけだ」

と、木下正道が、いった。

「なるほど、いかにも、先生らしい。話が早くていいですね。それでは、さっそく金額を申し上げましょうか？」

「いってみたまえ」

「金額については、こちらの、高橋紀香さんが、いろいろと、計算したようなので、彼女の口からいわせますよ」

「私は、木下さんと、こちらにいらっしゃる姫野理香さんとの関係が深いことは、よく知っていますからね。その上、尾西香里さんを、二人で計画して殺したわけでしょう？だから、私としては、お二人それぞれに、口止め料を要求しようと思っているんです。それでまず、お二人が、一年間に、どれくらい稼いでいるのか、計算してみました。木下さんが年収三億円、理香さんも同じく年収三億円ほど。両方合わせると六億円ですけど、必要経費もあるでしょうから、お二人から年収の半分ずつ、つまり、お二人で計三億円ということで、いかがですか？　それぐらい、軽いもんでしょう？」

「二人で三億円ですって？　いくら何でも、ちょっと高すぎるわ」

理香の声が、大きくなった。

「それにだね、私は今、尾西君がいったように、重加算税を入れて、多額の税金を払ったばかりなんだ。たしかに、入ってくる金額も大きいが、僕のような人気商売だと、出ていく金額も、大きいんだよ」

木下正道が、いった。

「それは、ないんじゃありませんか？」

と、尾西洋次の声が、いった。

「僕は、ファッションの世界を離れてしまったので、あまり詳しくはないのですが、高橋紀香さんによれば、近く、お二人がデザインした洋服を大量生産して、大々的に販売する、そんな計画があるそうじゃありませんか？　そのために、お二人だけでなく、大手の繊維メーカーからも出資させて、今年の秋、『木下&リカ・コーポレーション』という会社を設立するとか。あなた方、お二人の名前があって、その上、繊維メーカーの後ろ盾があれば、成功は間違いない。そんなお二人が、三億円の端金《はしたがね》なんかに、どうして、文句をいうんですか？　私たちがヘソを曲げると、今年の秋の計画も、ダメになりますよ」

「よし、分かった。仕方がない。残念だが、一億五千万円ずつ、合計で三億円を、こいつらに、くれてやろうじゃないか。それでどうだ？」

木下正道が、いうと、姫野理香も続けて、

「分かったわ。仕方がない。一億五千万円出しましょう。その代わり、この秋からの私たちの仕事を、絶対に、邪魔しないでよ」

と、いった。

5

途中で、三田村刑事と、北条早苗刑事の二人も、十津川のそばにやって来た。

隣りの家、木下正道の別宅での話は続いている。

「これで、やっと、話がつきました。三億円が支払われた時点で、全てなかったこととして、忘れるようにしましょう。しかし、三億円が支払われなければ、僕たちは本当に、今日話したことを、公表しますよ」

と、脅かすようにいったのは、尾西洋次だった。今まで小心者と思っていた、この男が、いやに図太く見えた。

「僕たちが三億円を払ったら、君たちは、どうするのかね？」

と、木下が、聞いている。

「まず、一緒に来てくれた、モデルの青木ゆかりさんに、それなりのお礼をした後、僕たちは、しばらく、日本を離れることにしますよ。ちょうど、今年の夏に、世界一周に出発する豪華客船がありますから、最上等の船室を予約して、それに乗ります。そのほうが、お二人とも、安心できるでしょう」

と、尾西洋次が、いった。

「それじゃあ、いつ、三億円をいただけるのかしら？　今、決めたいわ」

と、高橋紀香の声が、いった。

「来月の十日。その日でどうかね？」

「ええ、それで、結構です」

「金は、君たちの口座に、振り込めばいいのかね？」

木下が、きく。

それに対して、高橋紀香が、答える。

「それはだめ。そんな大金が口座に振り込まれたら、証拠が残ってしまう。何のお金か、説明できないもの。だから、現金でいただきたいわ」

「繰り返しますが、もし、来月十日に、三億円をいただけなければ、僕たちは、木下さんたちが殺人を犯したことを、そのまま、世間に公表しますよ。もちろん、僕たちだって、脅迫容疑で、逮捕されるかもしれませんけどね。お二人は、殺人容疑で、逮捕される。そのことを、よく考えておいてくださいよ」

と、尾西洋次が、いった。

「君たちは、相当なワルだな」

と、木下正道が、感心したように、いっている。

それに対して、尾西洋次が、

「たしかに、ワルかもしれませんが、まだまだ、小者ですよ。何しろ、お二人は、日本ファッション界を牛耳っているし、理香さんのほうは、人殺しをしているんだから。ああ、そうか、木下さんも、谷田肇という税理士さんを、東尋坊から突き落として、殺していたんでしたっけね。まあ、似たようなお二人だ」

尾西洋次が、皮肉たっぷりに、いった。

「どうしますか？」

亀井が、真剣な目で、十津川の顔を見た。

三田村と、北条早苗の二人も、じっと十津川の指示を待っている。

「逮捕しようじゃありませんか？」

と、亀井が、いい、

「今から踏み込みますか？」

三田村が、少しばかり、甲高い声で、いった。

十津川は、少し考えてから、

「いや、今日のところは、止《や》めておこう。彼らの話は録音したが、盗聴だからね。いざとなった時には、確実な証拠にはならない」

「それでは、どうしますか？」

「連中も、まさか今の話を、われわれに盗聴されたとは、思っていないだろうから、おそらく、この後、東京に帰るだろう。来月十日に、三億円が支払われるはずだから、できれば、そのタイミングで、連中を逮捕したい」

と、十津川が、いった。

「もう一つ、気になっていることが、あるんですが」

と、いったのは、北条早苗刑事だった。

「君がいいたいのは、尾西香里の告別式で殺された、尾西洋次の愛人、新井江美のことかね？」

「そうです。私は、その犯人も、姫野理香だと思っているんです。でも、さっきの会話には、その話題が出てきませんでした」

「私も、姫野理香が犯人だと考えている。それは、彼らを逮捕すればわかるはずだ」

十津川が、きっぱりといった。

隣りの家では、一仕事終えた、尾西洋次たち三人が、これから、帰るところらしく、物音がしている。

「いろいろと、どうも。楽しかったですよ」

と、尾西洋次が、いっている。

別宅の玄関が開き、戸が閉められる音がする。続いて、後に残った木下正道と姫野理香の会話が、聞こえてきた。

「あいつらに三億円も払うなんて、シャクに障《さわ》るわ！」

理香が、叫んでいる。

「仕方がないさ」

「先生は、平気なんですか？」

「もちろん、平気じゃないが、今年の秋には、大事な仕事が控えているじゃないか？　僕はね、君と二人で組めば、あのユニクロを凌駕《りょうが》するような、大会社を作ることができると思っているんだ。そうなることを確信している。だから、三億円は、捨てるつもりで、連中にやってもいいと思っている。そんな端金《はしたがね》は、すぐに取り戻せるさ」

「でも、これから先、何回も、脅迫されるかも知れないわ」

「だから、三億円と引き換えに、僕の手帳を写した写真や、僕と尾西香里との会話の録音は、全て渡してもらう。そうでなければ、三億円は払わん」

「これで、先生とは、一生、別れられなくなってしまったわ」

と、理香が、いう。

「今日は、何かと腹が立つ一日だったが、今、君がいったことだけが、唯一の救いというか、プラスだったな。お互いに、その言葉を忘れないようにしよう」

「先生、今日は、とことん飲みましょうよ」

と、姫野理香が、いった。

6

十津川たちは、すぐに東京へ帰った。

まず十津川と亀井が向かったのは、四月十五日、尾西香里の告別式が行われたホテルだった。新井江美と一緒にいた女の似顔絵の作成に協力してくれた、ホテルの喫茶ルームのウェイトレスに、姫野理香の写真を見てもらうためである。

「週刊ファッション」の浅井に用意してもらった、十数枚の理香の写真を、机の上に広げて、

「よく見てください。新井江美さんと一緒にいたのは、この女性ではありませんか？」

と、十津川はいう。

「姫野理香さんですね。テレビなどでよく、お顔を見かけますが」

自信なさげに、写真を眺めていたウェイトレスが、一枚の写真を指差し、小さく声を上げて、いった。

「あの人が着ていたのは、このワンピースです。春らしくて、明るい感じのワンピースだったので、よく覚えています」

写真の説明によると、そのワンピースは、姫野理香自らがデザインしたもので、オートクチュールの一点ものと書かれている。

「これで、姫野理香が、新井江美殺しについても、容疑者になったな」

と、十津川が、いった。

やがて、木下正道と姫野理香が東京に戻り、尾西洋次と高橋紀香も、揃《そろ》って帰京した。

どうやら、自分たちの会話が、十津川たちに聞かれたことには、誰も気づいていないらしい。

十津川は、四人に、それぞれ尾行をつけることにした。

四人とも、普通の生活に戻っている。木下正道と姫野理香は、相変わらず、テレビに出ているし、尾西洋次と高橋紀香は、六本木のマンションで、一緒に暮らしている。三億円という大金が入ってくるので、二人とも、それまでは、別れる気はないのだろう。

現金の受渡日の一日前。木下正道と姫野理香は、自分たちが口座を持っている銀行から、それぞれ、一億五千万円ずつ、持ってこさせたことが分かった。

そして、問題の十日になった。

何としてでも、二人が、尾西洋次たちに、現金三億円を支払うところを押さえて、逮捕したいのだ。

どこで、三億円を払うのか、それが問題だった。

木下正道が、自分の車で、まず姫野理香のマンションに寄り、彼女と大きなボストンバッグを乗せて、六本木に向かった。どうやら、六本木の高級マンションにある尾西洋次の部屋で、三億円を、手渡すらしい。

十津川は、部下の刑事たちと一緒に、木下の車を尾行しながら、その一方で、モデルの青木ゆかりの身柄も確保するように、部下の刑事たちに指示しておいた。大事な証人だからである。

予想した通り、木下正道と姫野理香の二人は、大きなボストンバッグを提げて、尾西洋次のマンションに入っていった。

十津川たちは、尾西洋次の部屋の前に、集まった。

問題は、部屋に入るタイミングである。

十津川は、しばらく待った。彼の携帯が鳴り、青木ゆかりの身柄を確保したという知らせが入った。

「行くぞ」

十津川が、短く、いった。

マンションの管理人にも、来てもらっている。

管理人が、部屋のインターフォンを鳴らした。

「管理人ですが、今、ガス会社の方が、こちらに、お見えになっていらっしゃるんですよ。マンションのガスメーターが異常を示しているので、一軒一軒お伺いして、検査をさせてもらっているんです。緊急を要するので、確認させていただけませんかね？」

と、管理人が、いった。

ドアが開いた。

「ガス会社の方は？」

尾西が、呑気《のんき》な声を出した。

一斉に、十津川たちが、部屋の中に踏み込んでいった。

「いったい、どうしたんですか」

尾西もあわてて、十津川を追って、リビングルームに戻ってくる。

リビングルームで、呆然《ぼうぜん》としている四人に対して、十津川は、いった。

「皆さんには、殺人及び脅迫の疑いがあります。ご同行をお願いします」

「バカなことをいいなさんな。いったい、何の冗談なんだ？」

木下正道が、怒鳴った。

それには構わず、十津川は、高橋紀香の椅子《いす》の横に置かれた、大きなボストンバッグを取り上げて、テーブルの上に乗せ、中身を開けた。

中には、ずっしりと、一万円の札束が入っている。

「これは、いったい、何の金だ？」

十津川が、きいた。

「僕と姫野理香さんが、秋に合同でファッションショーをやる予定で、こちらのお二人にも、協力してもらうんですよ。今日は、そのお願いをしに来て、お礼を差し上げたところですよ」

「合計三億円のお礼ですか？」

「いくら払ったって、いいじゃありませんか？　僕らのお金なんだから」

と、木下正道が、いった。

十津川は、尾西洋次の背広のポケットを調べた。

中から、問題の、尾西香里が携帯で撮った写真を印刷したものと、香里と木下正道の会話を録音したＵＳＢメモリーが出てきた。

「これは、明らかに殺人及び脅迫の証拠になりますね。午後一時五分、皆さんを逮捕します」

その内容を確認した、十津川が、大きな声を出した。

7

最初は、四人とも、容疑を否認した。

しかし、尾西香里が携帯のカメラで撮った、木下正道の手帳と、二人の会話の録音データ、さらに、青木ゆかりの証言が、モノをいった。特に青木ゆかりの証言が、四人を自白させたといえるかもしれない。

尾西洋次と高橋紀香にしてみれば、木下正道と姫野理香を脅迫するために、第三者の青木ゆかりを連れていった。だが、結果的には、第三者の青木ゆかりが、あの脅迫の一部始終を、しゃべってしまったのである。

尾西洋次は、青木ゆかりに、五、六百万円程度の金を渡せば、彼女が黙っていると、計算したのだろうが、それは、大きく狂ってしまったことになる。

新井江美の一件も、十津川たちの考えたように、姫野理香の犯行だったことが、自供から判明した。

姫野理香の自供によれば、新井江美殺しの経緯は、次のようだった。

売れないモデルの新井江美は、木下正道の愛人だったのだ。モデルということで、木下正道と接点がある。さらに、木下正道のマンションは麴町で、新井江美のマンションの近くだ。四谷近辺のレストランなどで、顔を合わせたことがあって、親しくなったのだろう。四谷の教会前で、新井江美を迎えにきたのは、やはり木下正道だった。

そして、新井江美は、木下正道に、自分以外に、尾西香里という愛人がいるのを知っていた。その尾西香里が殺されたのだ。木下が、香里殺しの犯人と考えたのだろう。

新井江美は、木下正道とは、ライバル関係にあり、マスコミにも顔のきく、姫野理香に連絡をとった。姫野理香を仲間に引き込み、木下から大金を脅しとろうと計画したのだ。

新井江美は、ファッション界の実力者である姫野理香に取り入ることで、大金とともにトップモデルの地位も得ようと、考えていた。

ところが、世間の評判と逆に、二人は手を組んでいた。そこに、新井江美の誤算があった。姫野理香から新井江美のことを聞いた木下正道は、口封じと、尾西洋次のアリバイを証明できなくするため、新井江美を殺すことに決めた。

新井江美は、尾西香里の殺人事件のあと、姿をくらました。尾西洋次を不安に落としいれ、香里の告別式に姿を現すことで、精神的ショックを与えるためだ。

しかし、それは木下正道や姫野理香にとっては、チャンスだった。

新井江美を告別式の会場で殺すことで、もしかしたら、江美の愛人の尾西洋次に、警察が疑惑の目を向けてくれるかもしれない、と二人は考えたのだ。

姫野理香は、尾西香里の告別式に参列するという新井江美と、ホテルの喫茶室でコーヒーを飲んだ。そこで、カプセルに入った青酸カリを、美容のための薬といって、彼女に飲ませたのである。

新井江美も、木下正道とは仲の悪いはずの、姫野理香に殺されるとは、思っていなかったので、安心して、そのカプセルを飲んだのである。

「結局、誰がいちばん愚かだったんですかね？」

亀井が、四人が起訴された後で、十津川に、きいた。

「みんな、愚かな人間たちだが、やはり、尾西洋次だろう。コソコソと時刻表を使った浮気なんかしていたから、今回の事件が起きたともいえるからね。もっと奥さんと仲良くして、関西にも一緒に行っていれば、こんなことにはならなかったんだ。だから、あのコソコソした浮気が、一番、悪かったのさ」

十津川は、つい強い口調でいったが、途中で、なぜか、尾西洋次が可哀想になり、苦笑に変わってしまった。

この作品はフィクションであり、作品に登場する人物、団体、場所等は実在のものと関係ありません。

単行本『新神戸 愛と野望の殺人』(二〇一一年一月、新潮社刊)
『姫路・新神戸 愛と野望の殺人』(二〇一三年二月、新潮文庫)

中公文庫

姫路《ひめじ》・新神戸《しんこうべ》 愛《あい》と野望《やぼう》の殺人《さつじん》

2019年2月25日　初版発行

著　者　西村《にしむら》京太郎《きょうたろう》

発行者　松田陽三

発行所　中央公論新社
〒100-8152　東京都千代田区大手町1-7-1
電話　販売 03-5299-1730　編集 03-5299-1890
URL http://www.chuko.co.jp/

DTP　嵐下英治
印　刷　三晃印刷
製　本　小泉製本

Published by CHUOKORON-SHINSHA, INC.
Printed in Japan　ISBN978-4-12-206699-1 C1193

定価はカバーに表示してあります。落丁本・乱丁本はお手数ですが小社販売部宛お送り下さい。送料小社負担にてお取り替えいたします。

各書目の下段の数字はISBNコードです。978－4－12が省略してあります。

中公文庫既刊より

に-7-49
赤穂バイパス線の死角　西村京太郎
「忠臣蔵」を演じた人気歌舞伎役者が女子アナと服毒心中し、殺人を疑う所轄署刑事は音信不通に。十津川は真相を追い、四十七士を祀る赤穂大石神社へ！
206034-0

に-7-50
盗まれた都市　左文字進探偵事務所　西村京太郎
東北のある都市で「反東京条例」が可決された。私立探偵の左文字は不穏な空気の正体を突き止めるため現地に飛ぶが、殺人事件の犯人に仕立て上げられてしまう。
206090-6

に-7-51
京都　恋と裏切りの嵯峨野　西村京太郎
十津川が京都旅行中に見かけた女性は「彼を殺します」とノートに記していた。二日後、嵯峨野の竹林で女の他殺体が発見されると、警視庁近くでも男の死体が。
206136-1

に-7-52
さらば南紀の海よ　西村京太郎
「白浜温泉に行きたい」と望んだ余命なき女を殺害し、その息子が乗車した〈特急くろしお〉を爆破した犯人は誰？　十津川は驚愕の推理を胸に南紀へ飛ぶ！
206201-6

に-7-53
十津川警部　鳴子こけし殺人事件　西村京太郎
不審死した女性の部屋から五体の鳴子こけしが持ち去られ、東京・山口・伊豆の殺人現場に次々と置かれていく。十津川は犯人を追い京都へ。
206309-9

に-7-54
祖《い》谷《や》・淡路　殺意の旅　西村京太郎
かずら橋で有名な徳島の秘境と東京四谷の秘密クラブで画策された連続殺人事件⁉　十津川のかつての部下が容疑者に。政界の次期リーダーの悪を暴け！
206358-7

に-7-55
東京－金沢　69年目の殺人　西村京太郎
終戦から69年たった8月15日、93歳の元海軍中尉が東京で扼殺された。金沢出身の被害者は、「特攻」の真相を探っていたことを十津川は突き止めるが。
206485-0

に-7-56
神戸 愛と殺意の街
西村京太郎
〈神戸の悪党〉を名乗るグループによる現金・宝石強奪事件。港町で繰り広げられる十津川と犯人の白熱の知恵比べ。悪党が実現を目指す夢の計画とは？
206530-7

に-7-57
「のと恋路号」殺意の旅 新装版
西村京太郎
自殺した婚約者の足跡を辿り「のと恋路号」に乗ったあや子にニセ刑事が近づき、婚約者が泊まった旅館の従業員は絞殺される。そして十津川の捜査に圧力が。
206586-4

に-7-58
恋の十和田、死の猪苗代 新装版
西村京太郎
ハネムーンで新妻を殺された過去を持つ刑事が、猪苗代湖で女性殺害の容疑者に。部下の無実を信じる十津川警部は美しい湖面の下に隠された真相を暴く！
206628-1

に-7-59
鳴門の渦潮を見ていた女
西村京太郎
元警視庁刑事の一人娘が、鳴門〈渦の道〉で何者かに誘拐された。犯人の提示した解放条件は現警視総監の暗殺！ 警視庁内の深い闇に十津川が切り込む。
206661-8

あ-10-9
終電へ三〇歩
赤川次郎
リストラされた係長、夫の暴力に悩む主婦、駆け落ちした高校生カップル……。駅前ですれ違った他人同士の思惑が絡んで転がって、事件が起きる！
205913-9

う-10-29
教室の亡霊
内田康夫
中学校の教室で元教師の死体が発見された。毒殺された被害者のポケットには、新人女性教師とのツーショット写真が——。教育現場の闇に、浅見光彦が挑む！
205789-0

う-10-30
北の街物語
内田康夫
「妖精像」の盗難と河川敷の他殺体。二つの事件には、ある共通する四桁の数字が絡んでいた——。浅見光彦が、生まれ育った東京都北区を駆けめぐる！
206276-4

う-10-31
竹人形殺人事件 新装版
内田康夫
浅見家に突如降りかかったスキャンダル⁉ 父の汚名をそそぐため北陸へ向かった名探偵・光彦は、竹細工師殺害事件に巻き込まれてしまうが——。
206327-3

各書目の下段の数字はＩＳＢＮコードです。978－4－12が省略してあります。

う-10-32
熊野古道殺人事件 新装版
内田康夫
伝統の宗教行事を再現すると意気込んだ男とその妻が、謎の死を遂げる。これは祟りなのか——。浅見光彦と「軽井沢のセンセ」が南紀山中を駆けめぐる！
206403-4

う-10-33
鳥取雛送り殺人事件 新装版
内田康夫
被害者は、生前「雛人形に殺される」と語っていた男。調査のため鳥取に向かった刑事が失踪してしまい——。浅見光彦が美しき伝統の裏に隠された謎に挑む！
206493-5

う-10-34
坊っちゃん殺人事件 新装版
内田康夫
取材のため松山へ向かう浅見光彦。旅の途中何度も出会った女性が、後日、遺体で発見され疑われる光彦だったが——。浅見家の〝坊ちゃん〟が記した事件簿！
206584-0

う-10-35
イーハトーブの幽霊 新装版
内田康夫
宮沢賢治が理想郷の意味を込めて「イーハトーブ」と名付けた岩手県花巻で、連続殺人が。被害者は死の直前「幽霊を見た」と……。〈解説〉新名 新
206669-4

も-12-70
棟居刑事の凶縁
森村誠一
大学時代、ある事件を引き起こした仲良し三人組。二十五年後、仲間の一人が何者かに殺害され、残された二人は過去の事件との因縁に怯えるのだった——。
206222-1

も-12-71
棟居刑事の殺人の隙間《スリット》
森村誠一
相談エージェントを設立した芝田の元に舞い込んだ、新聞記者の不審死。調べるうちに、元勤務先と次期総理大臣候補の癒着に気づいた芝田は——。
206332-7

も-12-72
棟居刑事のガラスの密室
森村誠一
都会の密室で起こった殺人事件。第一発見者の隣人が自供を始めるが、疑問を抱く被疑者の妹、被害者の父、そして棟居刑事。果たして、真犯人はいるのか——。
206395-2

も-12-73
棟居刑事の黙示録
森村誠一
元暴力団組長の九鬼は、女子中学生殺人事件の犯人を探る。一方、政財界の黒幕が殺された事件を追う棟居刑事。二つの事件は、次第にひとつに繋がって——。
206467-6

も-12-74
棟居刑事の追跡 新装版
森村誠一
近隣の生活を覗き見するのが趣味の老女は、屋上から墜落死した女が男と争う光景を目撃していた。第二、第三の惨劇も起こり、棟居刑事らが動き出す！
206571-0

も-12-75
棟居刑事の殺人の衣裳 新装版
森村誠一
青春の幻影ともいうべき「女神」に似た女性に遭遇した銀行員・明石は、彼女を拉致してしまうが事態は予期せぬ方向へと進み……。〈解説〉坂井希久子
206664-9

あ-79-2
高座のホームズ 昭和稲荷町らくご探偵
愛川晶
昭和五〇年代、稲荷町の落語長屋。噺家連中が持ち込む謎の数々を解き明かすのは、八代目林家正蔵（のちの彦六）⁉ 名人の推理が光る洒脱な落語ミステリー。
206558-1

あ-79-3
黄金餅《こがねもち》殺人事件 昭和稲荷町らくご探偵
愛川晶
古典落語の名作「黄金餅」を彷彿とさせる怪事件が雪の東京で発生した！ 落語界の大看板にして名探偵・八代目林家正蔵が謎に挑む痛快落語ミステリー第二弾！
206645-8

ひ-21-12
風景を見る犬
樋口有介
高校生最後の夏休み。香太郎は次々と出会う美女たちに翻弄されながらも、悲しい事件の結末を風景として見つめつづける――。〈解説〉若林踏
206290-0

ひ-21-13
遠い国からきた少年
樋口有介
芸能界のフィクサーと呼ばれる男が、要求されている賠償金額を減らしたいと羽田法律事務所を訪れた。謎多き美脚調査員が、アイドルグループの闇を暴く！
206570-3

わ-16-1
プレゼント
若竹七海
トラブルメイカーのフリーターと、ピンクの子供用自転車で現場に駆けつける警部補――。間抜けで罪のない隣人たちが起こす事件はいつも危険すぎる！
203306-1

わ-16-2
御子柴くんの甘味と捜査
若竹七海
長野県から警視庁へ出向した御子柴刑事。甘党の同僚や上司からなにかしらスイーツを要求されるが、日々起こる事件は甘くない――。文庫オリジナル短篇集。
205960-3

各書目の下段の数字はＩＳＢＮコードです。978－4－12が省略してあります。

わ-16-3
御子柴くんと遠距離バディ　若竹七海
長野県警から警視庁へ出向中の御子柴刑事は平穏な日々を送っていたが、年末につぎつぎと事件に遭遇し、さらには凶刃に襲われてしまう！　シリーズ第二弾。
206492-8

き-40-1
化学探偵Mr.キュリー　喜多喜久
周期表の暗号、ホメオパシー、クロロホルム――大学で起こる謎を不遇の天才化学者が解き明かす!!　至極の化学ミステリが書き下ろしで登場！
205819-4

き-40-2
化学探偵Mr.キュリー2　喜多喜久
過酸化水素水、青酸カリウム、テルミット反応――今日もMr.キュリーこと沖野春彦准教授を頼る事件が盛りだくさん。大人気シリーズ第二弾が書き下ろしで登場！
205990-0

き-40-4
化学探偵Mr.キュリー3　喜多喜久
呪いの藁人形、不審なガスマスク男、魅惑の《毒》鍋――学内で起こる事件をMr.キュリーが解き明かすが、今回、彼の因縁のライバルが登場して⁉
206123-1

き-40-5
化学探偵Mr.キュリー4　喜多喜久
Mr.キュリーこと沖野春彦が、なんと被害者に⁉　事件に立ち向かったのは春ちゃんラブのイケメン俳優・美間坂剣也。新たな名探偵、誕生か⁉
206236-8

き-40-6
化学探偵Mr.キュリー5　喜多喜久
化学サークルの「甘い」合成勝負、サ行の発音があやうくなる《薬》。そして沖野と舞衣は、理学部地下の冷蔵室に閉じ込められた。この窮地に沖野は――？
206325-9

き-40-7
化学探偵Mr.キュリー6　喜多喜久
沖野春彦が四宮大学に来て三年半。未だ研究のメインテーマを決められずにいた。そんな中、研究室に「ギフテッド」と呼ばれる天才少女が留学してきて？
206411-9

き-40-9
化学探偵Mr.キュリー7　喜多喜久
シリーズ累計50万部突破！　Mr.キュリーこと沖野春彦の推理に《化学反応》を受けた人物たちが織りなす、個性豊かな7色のミステリが登場です！
206529-1

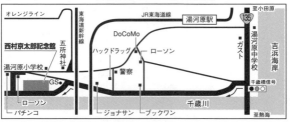